나를 찾아가는 길

박동욱

한양대 국어국문학과를 졸업하고, 성균관대에서 혜환 이용휴의 문학 연구로 박사학위를 받았다. 현재 한
양대 기초융합교육원 조교수로 재직 중이다. 2001년『라쁠륨』가을호에 현대시를 발표하면서 등단했다.
일평一平 조남권趙南權 선생님께 삶과 한문을 배우고 있다. 옮긴 책으로『승사록』과『동국산수기』가 있으
며, 함께 지은 책으로『살아 있는 한자 교과서』와『아버지의 편지』등이 있다.

송혁기

고려대 한문학과를 졸업하고, 동 대학원에서 17세기 말 18세기 초의 산문이론 연구로 박사학위를 받았
다. 현재 고려대 한문학과 부교수로 재직 중이다. 조선 시대 문학 비평 및 산문 작품을 주로 연구하고 있
으며, 한국 사상사 및 동아시아 고전학으로 공부를 넓혀 가고 있다.『조선후기 한문산문의 이론과 비평』,
『새민족문학사강좌 1』(공저),『삼명시화』(공역) 등을 쓰고 옮겼다.

나를 찾아가는 길
— 혜환 이용휴 산문선

이용휴 지음 | 박동욱·송혁기 옮기고 씀

2014년 9월 15일 초판 1쇄 발행
2022년 7월 5일 초판 7쇄 발행

펴낸이 한철희 | 펴낸곳 돌베개 | 등록 1979년 8월 25일 제406-2003-000018호
주소 (10881) 경기도 파주시 회동길 77-20 (문발동)
전화 (031) 955-5020 | 팩스 (031) 955-5050
홈페이지 www.dolbegae.co.kr | 전자우편 book@dolbegae.co.kr
블로그 blog.naver.com/imdol79 | 트위터 @Dolbegae79 | 페이스북 /dolbegae

편집 이경아
표지디자인 민진기 | 본문디자인 이은정·이연경
마케팅 심찬식·고운성·조원형 | 제작·관리 윤국중·이수민
인쇄·제본 한영문화사

ISBN 978-89-7199-619-5 (03810)
이 도서의 국립중앙도서관 출판시도서목록(CIP)은 e-CIP 홈페이지
(http://www.nl.go.kr/ecip)에서 이용하실 수 있습니다.(CIP제어번호: CIP2014025739)

책값은 뒤표지에 있습니다.

나를 찾아가는 길

혜환 이용휴 산문선

이용휴 지음 박동욱 · 송혁기 옮기고 씀

돌베개

혜환의 글을 다시 풀어 엮으며

혜환 이용휴는 당대에 연암 박지원과 쌍벽을 이룬 18세기 문단의 거목이었다. 전공자뿐 아니라 일반 대중에게도 널리 알려져 있는 연암에 비해서, 혜환은 그동안 상대적으로 관심을 적게 받아 왔다. 그러나 혜환의 문학 작품들은 연암과는 다른 지점에서 색다른 매력으로 다가온다. 필자는 혜환 이용휴를 주제로 학위 논문을 썼고, 그의 작품들을 모두 모아서 일평 조남권 선생님과 공역하여 상재한 바 있다.

2010년 9월, 일평 선생님을 모시고 작은 시회詩會를 만들었다. 나는 10여 년 넘게 일평 선생님 문하에서 공부를 해 온 터였고, 마침 송혁기 교수도 예전에 일평 선생님께 배운 인연이 있어 자연스럽게 이 모임에 참여했다. 우리 두 사람은 나이도 같고 학문적 관심사가 겹쳐서 금세 의기투합하여 함께 공부하게 되었다. 조선 후기 남인南人 문단에 대한 조명이 아쉽다는 이야기를 나누던 끝에, 혜환의 산문이 지니는 가치를 한번 제대로 공부하고 나눠 보기로 했다.

우리는 격주에 한 번씩 서로의 학교를 오가며 공부를 시작했다. 각자 한두 편씩 새로 번역을 하고 평설을 붙인 글을 가져와서 함께 읽었다. 무엇보다도 공을 들인 것은, 오늘날에도 읽을 만한 작품들을 잘 골라서 번역된 글만으로도 유려하게 읽힐 수 있는 문장으로 만드는 일이었다. 원의를 해치지 않고 주석에도 의존하지 않으면서 자연스러운 번역 문장을 만들어 내기 위해 표현 하나하나를 지루할 정도로 다시 검토하고 다듬었다. 평설 역시 서로의 의견에 따라 수정과 보완을 거듭했고 때로는 완전히 버리고 새로 쓰기도 했다. 번역과 평설이 완성된 작품을 결국 통째로 들어내야 하는 경우도 적지 않았다.

이것이 짧은 분량의 책이지만 짧지 않은 시간이 든 이유다. 짧은 글 몇 편에 몇 시간씩 투자해 공부하면서 그동안 찬찬하지 못했던 학문 태도에 대한 반성도 없지 않았다. 가끔은 공부 시간보다 긴 술자리도 있었지만 그 어느 것도 즐겁지 않은 것은 없었다. 그렇게 2년 남짓을 읽었고 이제야 성과가 나왔다. 시간을 꽤 들였다고는 하나 여전히 미숙하다. 언제까지고 붙잡고 있을 수만은 없어 내놓는 이 책에, 관심과 질정이 주어진다면 다행이겠다.

마흔이 넘어 친구를 얻는 일은 쉽지 않다. 나의 좁은 소견과 짧은 실력에 답답함도 없지 않았을 텐데 송 교수는 항상 온화함과 겸손함을 보여 주었다. 나는 한 권의 책을 쓰고 한 사람의 친구를 얻었다. 그와 함께하는 공부가 이후로도 계속 이어지길 기대한다. 또한 앞으로 걸어가야 할 인생이라는 험한 길 위에서도 늘 그와 함께하기를 바란다.

2014년 9월
박동욱

이용휴, 그의 삶과 글

재야에서 문단을 흔들다

서얼 신분인 이덕무와 박제가가 당대에 이름났는데, 선친께서는 그들
이 지은 작품을 보시고 탄식하며 말씀하셨다. "영조 말년에 모씨, 모씨
와 같은 간사하고 방종한 한 부류가 있었다. 이덕무와 박제가는 이들을
떠받들다가 여기에까지 이른 것이니 시대의 기풍을 볼 수 있다. 서얼들
은 말할 것도 없고 사대부의 자제들도 이들을 애호하니, 세상의 도의를
위해 간과할 수 없는 근심거리이다." ─심노숭沈魯崇, 「선부군언행기」
先父君言行記

이 점잖은 학자가 세상을 걱정하며 몹쓸 문풍의 진원지로 거론한
모씨들이 누구일까? 교과서적인 상식으로 연암燕巖 박지원朴趾源을 떠
올릴 이들이 적지 않을 것이다. 새로운 문체와 발상으로 한 시대를 놀
라게 했고 그에 대한 열광적인 추종의 분위기가 근엄한 주자학자들의

우려를 자아낸 인물로 '실학파 문인' 박지원을 떠올리는 것은 당연하다. 이덕무李德懋, 박제가朴齊家는 박지원과 매우 가까운 서얼 문인들이니 더욱 그러하다. 그러나 여기 언급된 인물은 박지원보다 앞서서 문단의 기린아로 등장한 남인계南人系의 문사 이용휴李用休와 서얼 시인 이봉환李鳳煥이다.

노론老論 정객 심낙수沈樂洙의 언급이긴 하지만 '간사하고 방종한'(邪淫) 인물이라고 평가된 이용휴에게 한 시대의 젊은 문인들이 이토록 열광한 것은 매우 특이한 일이다. 실제로 영조 말년 그의 명성은 대단해서, 문장을 연마하여 새롭게 되고자 하는 이들이 모두 그의 비평과 가르침을 듣고자 몰려들었다. 이를 두고 정약용丁若鏞은, "벼슬에도 나아가지 않은 신분으로 문단의 저울대를 손에 잡은 것이 30여 년이었으니, 이는 예로부터 유례가 없는 일이다"라고 했다.

문학 작품에 대한 비평이 어쨌든 정치와는 별도의 영역으로 존재하는 오늘의 눈으로는 이해하기 어렵지만, 인문人文 숭상을 표방하던 조선에서 한 시대의 문장을 평가하고 계도하는 것은 국가의 일이었다. 이를 담당하는 기관인 홍문관, 예문관의 책임자 대제학이 '저울대를 잡고 물건의 경중을 가리듯이 문장의 고하를 판정하여 인재를 등용하는 직책'이라는 의미의 문형文衡이라는 별칭으로 불린 것이 바로 이러한 뜻에서이다. 따라서 자신의 문장을 인정받고자 하는 문인이라면 이러한 권세를 지닌 이들에게 가는 것이 당연하다. 그런데 벼슬에 오를 가능성이 제한된 서얼은 그렇다 치고 앞으로 벼슬길에 나아가야 할 사대부의 자제들까지, 실권은커녕 벼슬을 한 적도 없는 재야인사 이용휴의 인정을 받기 위해 몰려든 것이다. 이른바 '재야문형'在野文衡의 탄생이다.

문학을 전공한 사대부

혜환惠寶 이용휴李用休(1708~1782)는 실학자로 알려진 성호星湖 이익李
瀷의 조카다. 그의 집안은 조부 대까지 조정에서 활발하게 활동하던 남
인계 명문가였으나, 이익의 맏형인 이잠李潛이 숙종의 친국 끝에 죽임
을 당함으로써 역적의 집안이라는 낙인이 찍히고 말았다. 훗날 이용휴
의 아들인 이가환李家煥이 정조正祖의 신망 하에 관직에 올랐으나 역시
노론계의 집중 공격을 받은 끝에 결국 천주교 전파의 괴수라는 혐의로
옥사했고, 이후 고종 대까지 신원되지 못했다.

　이런 집안 배경으로 인해 이용휴는 28세 생원시 합격을 끝으로 더
이상 과거 시험을 보지 않았고, 이후 75세로 생을 마감할 때까지 전혀
벼슬에 나아가지 않은 채 그야말로 재야 문사로서의 삶을 살았다. 벼
슬길에 올라 대부大夫로서 경세經世에 참여하거나 그렇지 못할 경우 학
문에 힘쓰는 사士로 사는 것이 사대부士大夫의 본분이다. 주자학의 세
례 이후 사의 학문이 심성 수양에 치중되긴 했으나, 그 본질은 언제든
경세에 쓰일 수 있도록 준비하는 것이었다. 문장 수련은 그 수단 내지
여기餘技에 불과하다는 것이 일반의 인식이었다. 그러나 애초에 대부
로서의 가능성이 차단된 이용휴는 오로지 문학에만 힘을 쏟았다.

　이용휴에게 있어서 문학은 더 이상 경세의 도리와 학문의 이치를
담는 도구가 아니었다. 자기 존재를 발견하고 확인하며 세상을 이해하

고 반영하는 새로운 시선이자, 또 하나의 세계였다. 실학자들이 현실에서 받아들여지지 못한 경세의 이상을 학문으로 저술해 냈다면, 이용휴는 세상의 통념을 넘어서 자신이 생각하는 삶과 예술의 가치를 문학이라는 상상의 세계로 그려 낸 것이다.

이용휴의 작품을 일별하면 유독 '나'에 대한 시선이 매우 강함을 발견할 수 있다. 남들의 생각, 이미 주어진 관념들을 철저히 해체하고 자신의 내면으로 돌아가야 한다는 일갈을 끊임없이 던진다. 그런데 흥미로운 것은, 이런 내용을 담은 그의 산문 작품 대부분이 남들과의 관계 속에서 지어졌다는 사실이다. 멀리 있거나 떠나는 이를 위해 지은 증서贈序와 송서送序를 비롯해서, 남의 글이나 그림에 써 준 서문序文과 제발題跋, 상대의 건물 이름에 담긴 뜻을 풀어 준 기문記文, 자字를 지어 주며 의미를 밝힌 자설字說, 장수를 축원하는 수서壽序, 그리고 죽은 이에게 말을 거는 제문祭文 등이 주류를 이룬다. 내면의 목소리에 귀를 기울이라는 말은 독방에서 자신을 향해서만 되뇌는 주문이 아니라 다른 이들에게도 던지고자 한 경구였다. 그리고 이렇게 문학을 매개로 하는 인간관계들이야말로 이용휴가 삶을 이어 나갈 수 있게 한 힘이었다. 그런 면에서 문학은 이용휴가 살아가는 방식이기도 했다.

그뿐 아니라 문학은 이용휴에게 있어서 자신의 존재를 확인하는 치열한 장이었다. 그는 늘 남들의 평가에 연연할 것 없다고 말하곤 했으나, 그의 글들에서 자신의 문학에 대한 자부심이 얼마나 대단했는지를 확인하기는 어렵지 않다. 대학자였던 숙부 이익에게 배운 다른 자제들이 주역학과 예학, 경제학, 수학, 군사학 등에서 각기 일가를 이룬 것과 대등한 열의와 진지함으로 이용휴는 문학을 '전공'했다. 그러고는 문학에 있어서 남들과 다른 경지에 오르기 위해 광범위한 서적을 탐독하고 새로운 표현 방식을 실험했다. 그 평생에 걸친 노력으로 재야문형의 지위에 오른 것이다.

전공을 가지는 것이 당연하다고 생각하는 오늘날과 달리, '군자불기'君子不器의 가르침을 입은 사대부들은 무언가를 전공하여 몰두하는 것을 금기시했다. 사대부의 생을 평가할 때 업적과 장점을 기준으로 경세가, 학자, 문장가의 어느 한쪽에 방점을 찍곤 하지만, 이는 어디까지나 결과를 놓고 가하는 후대의 평가일 뿐 대개의 사대부는 이 중 어느 하나를 '전공'한다고 자임하지 않았다. 이들이 애초에 하나라고 생각했기 때문이다. 더구나 그 가운데 문장가의 길을 걷겠노라고 스스로 천명하는 경우는 별로 없었다. 그렇기에 주자학의 나라 조선에서 자타가 공인하는 '문학 전공자' 이용휴는 이채로운 인물이다.

기이한, 참으로 기이한

이 사람의 문장은 지극히 괴상하다. 산문에서는 지之나 이而 같은 어조사를 전혀 쓰지 않으면서 시에서는 이런 글자를 회피하지 않으니, 일반 사람들과 매우 다르게 하고자 한 것이다. 이는 진실로 병폐이지만 한편으로는 기이한 점이기도 하다. 혜환이 소장한 서책은 매우 방대한데 모두 기이하고 독특한 것들뿐이고, 평범한 것은 한 종도 없다. 그의 기이

함은 실로 천성에서 나온 것이다. ― 유만주兪晩柱, 『흠영』欽英

정正을 중시하는 전통이 강한 한자 문화권에서 기奇는 대개 부정적인 의미로 사용되어 왔고, 따라서 어떤 인물이나 그의 문학을 평가하는 키워드로 기奇를 거론하는 경우는 흔치 않다. 그런데 유만주는 이용휴를 두고 문학은 물론 독서 취향과 천성까지 속속들이 기奇하다고 평했다. 그는 당시의 문장을 정正과 기奇의 두 흐름으로 나누고 기를 대표하는 작가로 이용휴와 이덕무를 들기도 했다. 이 외에도 이용휴에 대한 비평들은 하나같이 '기'奇를 중심에 둔다. 정약용은 기굴奇崛과 신교新巧를, 이경유는 기매奇邁와 절속絶俗을, 김택영은 기궤奇詭와 첨신尖新을 이용휴 문학의 핵심 평어로 삼았다.

이용휴의 작품이 기이하게 보이는 가장 큰 이유는 통용되는 격식을 파괴했기 때문이다. 제한된 글자 운용 법칙을 지켜야 하는 한시에서는 가능한 한 어조사를 쓰지 않고, 원활한 의사 전달을 위주로 하는 산문에서는 어조사를 사용하는 것이 일반적일 뿐 아니라 자연스러운 일이다. 그러나 이용휴는 의도적으로 이를 거부했다. 산문만을 두고 볼 때도, 그는 통상 비슷한 형식과 용도의 글들에 기대되는 분량에 터무니없이 못 미치는 짧은 글을 즐겨 쓰곤 했다. 분량뿐 아니라 장르의 속성을 무시하고 일반적인 전범을 따르지 않았으며, 남들이 보지 못했을 법한 책에서 궁벽한 전고들을 가져다 사용했다. 같은 글자를 집중적으로 반복한다든가, 설명 없이 이질적인 사례와 비유들을 대뜸 열거하는 것으로 서두를 여는 등, 파격을 구사한 작품이 많다.

이러한 형식의 실험 못지않게 이용휴의 작품을 기이하게 만드는 것은, 그 참신한 발상에 있다. 누구나 할 수 있는 생각은 작품에 담지 않으려 했고, 남다른 생각을 던짐으로써 독자가 당연시해 온 통념에 균열을 일으키고자 했다. 그렇다고 해서 인간의 욕망을 긍정하거나 감정을 마음껏 발산하는 발랄함을 기대한다면 그와는 거리가 있다. 전술했듯이 심낙수는 이용휴를 두고 '간사하고 방종하다'고 혹평한 바 있으나, 이는 주자학의 이념을 신봉하지 않고 선불교와 양명학에까지 깊이 빠진 점을 비판한 것이지 그 비판 그대로 이용휴가 욕망과 감정의 여과 없는 표출을 추구한 것은 아니었다.

평범하고 소박한 일상을 벗어나지 않는 지점에서 이용휴가 길어 올린 깨달음들은, 오히려 방종이라기보다 절제였고 외적 발산이라기보다 내면을 향한 응시였으며, 실은 전혀 새로운 것이라기보다 본래 누구나 가지고 있던 것들이었다. 다만 세상이 강제하는 이런저런 관습들에 매여서 한 발짝도 벗어나지 못한 채 아등바등 사는 이들로서는 쉽게 이르기 힘든, 아니 언젠가 까마득히 잊어버리고 만 것들이기 때문에 순간 기이해 보일 뿐이다. 그의 작품에 보이는 기이한 기법과 기발한 착상들은, 바로 이러한 깨달음을 더 강렬하게 제시하기 위한 일종의 충격 요법인 셈이다.

기奇는 비정상, 기괴함 등 부정적인 의미로 쓰이지만, 비슷한 예를 찾을 수 없을 정도로 뛰어나다는 뜻을 지니기도 한다. 유만주가 "병폐이지만 한편으로는 기이한 점이기도 하다"라고 했을 때의 기奇는 후자의 의미를 내포하는 것이다. 당시의 많은 젊은 문인들이 이용휴에 열

광하고 그를 추종했다는 사실에서, 이 '뛰어나게 기이한' 문학이 한 개인의 성향을 넘어서 시대 분위기의 일각으로 이어졌음을 감지할 수 있다. 부정적으로 보든 긍정적으로 보든 간에, 천편일률의 문학에 물릴 대로 물린 당대의 요구가 분명히 있었던 것이다. 그 선봉에 선 인물이 이용휴였다.

다시 삶의 길 앞에 서서

이용휴는 조선에서 드물게 기奇라는 평을 듣는 작가였다. 그런데 정작 본인은 "기奇는 애써 구한다고 얻을 수 있는 것이 아니라 진眞이 다하는 지점에서 자연스럽게 드러나는 것이다"라고 했다. 기이함에 이르는 길이 '참됨'을 끝까지 밀고 나가는 데에서 열린다는 말이다. 이용휴는 기이한 기법과 발상을 즐겨 구사했지만, 그 기이함은 그저 다름을 위한 다름이 아니었다. 나의 삶과 세계를 겹겹이 싸고 있는 허위들을 바닥까지 걷어내고 그 참된 모습을 적나라하게 드러내는 일이었다.

『혜환잡저』惠寰雜著에 338편, 그 외의 여러 문헌들에 29편. 남아 있는 이용휴의 산문은 모두 367편이다. 고르고 추려서 그 가운데 46편을 새로 번역하고 이해를 돕는 글을 붙였다. 이 작은 책을 다리 삼아서, 그가 말하고자 한 '참됨'과 함께 만날 수 있기를 기대한다. 때로는 일체의 전범을 부정하고 통념의 신화를 파괴하는 준열한 일갈로, 혹은 '그 옛날, 거기'가 아닌 '바로 지금, 여기'에 대한 통찰과 권면으로, 어떤 때는 다른 말 하는 척 시치미 떼며 허위 가득한 세상에 일침을 놓는 우스

갯소리로, 이용휴가 끝까지 놓지 않았던 참됨은 여전히 그의 글들 속에 살아 있다.

이용휴는 들여다볼수록 거짓투성이인 자신에 대한 철저한 회의와 부정을 통해 참된 나를 다시 찾아 가는 과정을 인상적으로 보여 주었다. 또 부조리한 세상을 살아가는 평범한 이들에게서 인간다움 본연의 가치를 발견했고, 힘겨운 삶의 길을 함께 걸어가는 불운한 벗들에 대한 애정과 연민을 드러내기도 했다. 그리고 문학과 예술을 향한 열정이 빚어내는 눈부시도록 아름다운 세계를 자신만의 언어로 그려냈다.

이 작은 책을 통해서, 이용휴가 새로운 눈으로 발견해 낸 또 하나의 세계가 읽는 이들의 시야에 그림처럼 펼쳐지는 장면을 상상한다. 지금 여기, 다시 힘겨운 삶의 길 앞에 서 있는 우리들을 위해서.

송혁기

일러두기

1. 이 책은 혜환 이용휴의 산문을 선역하여 평설을 붙인 것이다. 국립중앙도서관에 소장된 『혜환잡저』를 텍스트로 삼았다.

2. 이 책은 크게 2부로 구성했다. 1부는 '삶의 길, 죽음의 자세'로, 삶의 태도, 인식론, 혜환 관련 인물과의 이야기를 주로 다루었고, 2부는 '세상 밖으로, 예술 속으로'로, 사회의식 및 시와 그림에 대한 견해 등을 주로 다루었다.

3. 제목은 원제를 사용하지 않고 적합한 제목을 따로 달았다. 번역문 아래에는 원문과 원제를 함께 실었다. 작품마다 평설을 달아 독자의 이해를 도왔다.

4. 매 작품 마지막에 작은 도장을 찍어 해당 작품의 책임 필자를 표시했다.

5. 원문에 충실한 번역을 원칙으로 하되, 번역문만으로도 작품을 감상할 수 있도록 자연스러운 현대어로 다듬었다. 번역문 및 평설만으로 전달하기 어려운 내용이 있을 경우에 한해서 평설 뒤에 간략한 추가 설명을 덧붙였다.

삶의 길, 죽음의 자세

상상 속에 그리던 삶

이런 상상을 해 본 적이 있다.

꼭 깊은 산속, 인적 끊긴 계곡이 아니어도 좋다. 도성 안에서 외지고 조용한 곳을 택해 몇 칸짜리 작은 집을 짓는다. 방 안에 두는 것은 거문고와 책, 술동이, 그리고 바둑판이 전부. 돌벽을 담으로 삼아 땅을 조금 개간한다. 적토에 아름다운 나무를 심어 좋은 새들을 부르고 나머지 땅엔 남새밭을 일구어 그 채소 따다가 술안주 삼는다. 콩 시렁, 포도 시렁도 만들어 두어 그 그늘에서 더위를 식힌다.

처마 앞에는 꽃과 돌을 둔다. 꽃은 굳이 얻기 어려운 것을 구할 것 없이 사시사철 늘 묵은 꽃과 새 꽃이 이어지며 피는 것을 볼 수만 있으면 좋다. 돌은 굳이 옮겨 오기 어려운 것을 취할 것 없이 조그맣더라도 앙상하고 독특하게 생긴 것이면 좋다.

이웃은 뜻 맞는 친구 한 사람. 그 역시 나와 비슷하게 꾸려 두고 산다. 두 집 사이에 대나무를 엮어 사립문을 만들고는 그리로 왕래한다. 난간 옆에 서서 부르면 그 소리가 끝나기도 전에 신발이 벌써 섬돌에 이른다. 비바람이 아무리 심해도 왕래를 그치는 일이 없다. 이렇게 여유롭게 노닐며 늙어 간다.

우연히 구곡동에 들어갔다가 서 씨와 염 씨가 사는 곳을 보게 되었다. 그런데 내가 마음으로 상상하던 것 그대로였다. 이를 적어서 기문을 짓는다.

余嘗起一想, 不必深山絶峽, 都城中選一僻靜處, 構屋數楹, 中置琴書樽奕. 因石壁爲垣, 闢地若干, 赤植嘉木, 以來好鳥, 餘爲圃種蔬, 摘以佐酒. 又爲荳棚葡萄架以納凉. 簷前列花石: 花不求難得者, 求四時陳新相繼; 石不取難致者, 取小而瘦露怪奇者. 與同志一人爲鄰, 而其所經營位置略相當. 縛竹爲門, 以通往來, 立欄邊相呼, 聲未竟, 屨已及堦, 雖甚風雨, 無間, 如是優遊以老. 今偶入九曲洞, 見徐氏廉氏所居, 宛然是余意中想也. 遂寫以爲記. _九曲幽居記

—

혜환이 늘 상상하는 삶의 모습이 있었다. 인적 드문 조용한 곳에 작은 집 한 채 짓고 단출한 세간으로 작은 평화를 누리며 사는 삶이다. 책 읽다 싫증나면 거문고 뜯고, 누군가 찾아오면 느긋하게 바둑알 놓다가 술 한잔 기울인다. 안주는 마당 옆 채마밭에서 갓 따다가 훌훌 씻어 내놓은 채소. 한여름 더위 피할 덩굴 그늘도 마련해 두었다. 유일하게 누리는 사치라면 사시사철 번갈아 피는 처마 밑 흔한 꽃들과 옹기종기 모아 놓은 특이한 작은 돌들을 바라보는 것. 소박한 꿈이다.

여기에 하나 더 있다. 마음 맞는 친구. 그는 나와 마음이 맞을 뿐 아니라 사는 곳도 가까워야 한다. 아무 때고 부르면 반갑게 건너온다. 세상 이익이며 체면치레 같은 게 없으니 늘 부담 없다. 함께 마시고 이야기하다 보면, 자칫 지겨울 수도 있는 적적함이 늘 잔잔한 즐거움으로 이어진다. 그러는 사이, 한적함에 멈춘 듯하던 시간도 어느덧 흘러 평안하게 늙어 간다.

이 부분은 유안진 님의 수필 「지란지교를 꿈꾸며」와 신기하리만치 닮아 있다. 많은 이들의 사랑을 받아 온 그 수필은 이렇게 시작한다.

"저녁을 먹고 나면 허물없이 차 한잔을 마시고 싶다고 말할 수 있는 친구가 있었으면 좋겠다. 입은 옷을 갈아입지 않고 김치 냄새가 나더라도 흉보지 않을 친구가 우리 집 가까이에 살았으면 좋겠다. 비 오는 오후나 눈 내리는 밤에도 고무신을 끌고 찾아가도 좋을 친구……."

유안진 님이 혜환의 글을 읽었을 가능성은 없어 보인다. 그러고 보면 이런 친구가 있었으면 하는 바람은 어떤 한 사람만의 것이 아닌 모양이다.

아쉬운 것은 이러한 꿈의 실현이 혜환 본인의 일로 일어난 것이 아니라는 점이다. 그것도 우연히 들른 곳에서 만난 두 사람의 삶의 모습이 바로 자신이 마음으로 상상하던 바로 그 삶이었다. 비록 자신의 현실로 나타난 것은 아니었지만, 이들의 삶을 통해 말하고자 한 것은 혜환 자신의 꿈이었다. 宋

무엇에 빠질 것인가?

부채를 흔들어 바람을 일으키고 물 뿜어 무지개를 만든다. 재 가루로 달무리를 이지러뜨리고 끓는 물로는 여름 얼음을 만든다. 나무소를 가게 하고 구리종을 저절로 울게 한다. 소리로는 귀신을 부르고 기氣로는 뱀과 범을 못 오게 한다.

서쪽 끝에서 동쪽 바다까지 잠깐 사이에 생각이 두루 미치고, 하늘 위와 땅 아래에도 순식간에 생각이 이른다. 백세 이전의 일도 거슬러 올라 기록할 수 있고, 천세 이후의 일도 미루어 헤아릴 수 있으니, 옛날의 여러 철인哲人들도 주어진 역량을 다 발휘하지 못한 바가 있다. 이렇게 큰 지혜와 큰 재능을 가지고도 7척 몸뚱이에 부림을 당하여 술과 여자, 재물, 혈기 속에 빠져 있으니 어찌 몹시 애석하지 않겠는가!

搖扇生風, 噴水成虹. 灰缺月暈, 湯造夏氷. 使木牛能行, 令銅鐘自鳴. 聲召鬼神, 氣禁蛇虎. 西極東海, 頃刻思周, 天上地下, 瞬息念到. 百世以前, 遡而記之, 千歲以後, 推以測之. 雖往古群哲, 猶有未盡分量者矣. 有此大靈慧·大才能, 而爲七尺血肉之軀所役, 淹沒於酒色財氣中, 豈不大

可惜哉!　_贈趙君雲擧

一

　　　　　　전고典故의 대상으로 흔히 문文에는 육경六經
과 삼사三史를 들고, 시에는 『문선』文選과 당시唐詩를 사용한다. 그러나 혜환
은 전혀 의외의 책에서 전고를 끌어대곤 한다. 이 글의 전반부에 언급된 8가
지의 일들은 각각 『서유기』西遊記, 『현진자』玄眞子, 『비아』埤雅, 『삼국지연
의』三國志演義, 『속고승전』續高僧傳, 『대반열반경소』大般涅槃經疏, 『천태산방
외지』天台山方外志 등에서 가져왔다. 사대기서四大奇書부터 불경류佛經類까
지 폭이 매우 넓다. 이러한 전고의 운용에는 은근히 자신의 박학博學을 과시
하려는 의도도 깔려 있을 것이다.

8가지의 각기 다른 전고를 사용해서 불가능을 가능케 하며 탁월한 능력을 발
휘할 수 있는 인간의 무한한 능력에 대해서 기술했다.

혜환이 이 글을 준 조운거趙雲擧란 사람의 구체적인 행적은 나와 있지 않다.
그러나 아마도 그는 술, 여자, 재산, 혈기 중 하나에 빠진 인물이었을 것이
다. 결국 인간의 무한한 능력을 차치해 두고 헛된 일에 빠져 있는 인물에 대
한 경계를 담고 있다.

인생은 무엇에 빠지느냐에 따라 성패의 향배가 갈린다. 주색에 빠지면 호색
한이 되고, 학문에 빠지면 학자가 된다. 짧은 인생, 방황할 시간이 없다. 지
금 무엇에 몰두해 있는가에 따라 인생의 모습이 달라진다. 囲

살구나무 아래 작은 집

오래 묵은 살구나무 아래에 작은 집 한 채가 있다. 방에는 횃대며 시렁과 안석이며 책상 같은 것들이 3분의 1을 차지한다. 손님 몇 사람이 오기라도 하면 무릎을 맞대고 앉아야 하는 너무도 좁고 허름한 집이다. 허나 주인은 이 집을 편안히 여기며 독서하고 구도求道할 뿐이다. 내가 그에게 말했다.

"이 하나의 방 안에서도 몸을 돌려 앉으면 방위가 변하고 명암이 달라지네. 구도란 다만 생각을 바꾸는 데에 있으니, 생각이 바뀌면 모든 것이 이를 따르는 법이지. 자네가 나를 믿는다면 내 자네를 위해 창을 열어 주겠네. 그러면 한번 웃는 사이에 이미 막힘없이 툭 트인 경지에 오르게 될 것이네."

古杏樹下有小屋, 桃架几案之屬, 幾據三之一. 客至數人, 則膝相磕, 至狹陋也. 主人安之, 惟讀書求道. 余謂: "此一室中, 轉身而坐, 方位易焉, 明暗異焉. 求道, 只在轉念, 念轉而無不隨者. 君能信我, 爲君推窓, 一笑已登昭曠之域矣." _杏嶠幽居記

—

　　　　　　내 생각을 바꾸는 일, 세상에서 가장 쉬운 일이다. 집 밖에 나설 일도 없고 큰돈 들일 일도 없다. 거창한 일을 도모하지 않아도, 많은 사람들을 동원하지 않아도 쉽게 할 수 있는 것이 내 생각을 바꾸는 일이다. 움직일 틈 없는 좁은 방 안이라 해도 내 몸이 앉는 자리마다 시시로 빛이 달라지고 동서남북 어느 방향이든 마주할 수 있다. 몸뿐 아니라 생각도 마찬가지다. 내 생각 하나 바꾸는 것에 따라 나를 둘러싼 모든 것이 달라진다.

허나 생각을 바꾸는 일, 세상에서 가장 어려운 일이다. 평양감사도 저 싫으면 그만이라는 말처럼, 돈과 권세를 아무리 많이 준다고 해도 바꾸기 싫은 생각들이 있다. 따지고 보면 별것 아닌 선입견과 고집들이 우리 생각을 붙들기라도 하면, 방향 조금 틀어 보기가, 자리 조금 옮겨 앉기가 그렇게 어려울 수 없다. 그 속에 갇혀 지내다 보면 점점 벽은 두꺼워지고 방은 좁아진다. 책을 읽고 도를 구한다지만, 내 생각을 바꾸지 못하는 한, 단 한 걸음도 나아갈 수가 없다.

오래 묵은 살구나무 아래에 작은 집이 한 채 있다. 멀리서 보기엔 아름다운 풍경이지만 막상 발 딛고 들어서면 무릎을 맞대고 앉아야 할 만큼 답답한 방이다. 이 어두컴컴하고 좁아터진 방이 일순간에 막힘없이 툭 트인 공간으로 바뀌는 일이, 가능할까? 혜환은 가능하다고 말한다. 그저 내 생각의 창 하나를 열어젖히기만 하면, 작고 누추하기만 한 내 마음에 밝고 훤한 세상이 시원스럽게 펼쳐진다며 손을 이끈다. 하도 오래 닫아 두어서 거기 창이 있다는 사실마저 잊고 살았던, 그 먼지 낀 창 하나만 열면…… 宋

조화로움에 대하여

나는 이미 늙었는데, 다시 눈병으로 고생하여 의원의 처방대로 고약을 붙이고 있었다. 외손자 허질許瓆이 말했다.

"어떤 손님이 뵙기를 청합니다."

나는 병을 핑계로 사양했다. 조금 있다가 다시 청하기에 전처럼 사양했고, 조금 있다가 또다시 청하기에 사양하기를 전과 같이 했다. 이어서 허질에게 물었다.

"구하는 바가 있다더냐?"

"집의 기문記文을 구하러 왔답니다."

"인정人情이란 한 번 보기를 청하여 만나 주지 않으면 원망이 생기고, 두 번 청하여 만나 주지 않으면 노여움이 생기고, 세 번 청하여 만나 주지 않으면 벌떡 일어나 떠나가게 마련인데 지금 손님은 이와는 반대이니 화和의 지극함이다. 얼굴을 보지는 못했지만 곧 온화한 기운(和氣)이 그 사람을 덮었을 것이니, 마땅히 그의 거처에는 현판을 '화和'라 했을 것이다."

질瓆이 말했다.

"이미 이름을 화암和菴으로 했답니다."

내가 웃으며 말했다.

"됐다. 어찌 넘치는 말을 사용하여 기記를 지으리오."

질이 다시 말했다.

"손님의 행동거지가 단정하고 언사가 공손하여 속세 사람이 아닌 것 같습니다."

내가 말했다.

"그렇다면 화和하고도 예禮가 있구나."

余旣耄老, 復苦眼, 醫方點膏藥. 外孫許瓆言 "有客請見." 余辭以疾. 頃之復請, 辭如前. 頃之又復請, 辭又如前. 因問瓆曰: "有所求乎?" 曰: "有求菴記." 余曰: "人情一請見不得則悵, 再則慍, 三則勃然起而去, 今客則反是, 和之至也. 未見面, 卽和氣襲人, 是宜顔其居曰和." 瓆曰: "已名以和菴矣." 余笑曰: "得之矣, 安用剩語演爲記也." 瓆復曰: "客擧止端恪, 言辭恭謹, 似非俗人." 余曰: "然則和而有禮矣." _ 和菴記

—

　　　　　　혜환의 만년의 작품으로 보인다. 이 기문은 외손자 허질(1755~1791)과 몇 개의 물음과 몇 개의 대답을 주고받는 형식으로 구성되어 있으며, 대화로만 기문 전체를 구성했다는 점이 특이하다. 보통의 기문이 의론議論 중심인 것과 비교해 보면 더욱 그러하다. 형식적인 측면에서도 주로 사용되는 대우對偶나 배비排比 등을 통한 운문적 미감은 고려하지 않았다.

이 기문을 청했던 사람은 누구일까? 단정할 수는 없지만, 정범조丁範祖의 「화암기」和菴記, 「송죽헌기」松竹軒記가 있는 것으로 보아 윤화숙尹和叔(화숙은 자)이란 인물로 보인다. 상세한 이력은 확인할 수 없다. 혜환은 늙어서 기력이 온전치 않은 데다가 눈병까지 걸려 남의 기문을 지어 줄 여력이 없어 보인다. 그런데도 손님은 주인의 상황은 아랑곳하지 않고 몇 번의 완곡한 사양에도 굴하지 않는다. 마지막에 여러 번의 사양에도 평정심을 잃지 않았으니 화란 글자를 써서 주겠다는 혜환의 이야기와, 이미 화암和菴이라 이름을 지었다는 손님의 이야기가 절묘하게 부합되면서 극적 반전을 이룬다. 맨 마지막에 "和而有禮"란 구절은 『논어』 「학이」學而 편에 "예절을 적용함에는 조화를 이루는 것이 중요하다"(禮之用, 和爲貴)는 말에서 따온 것으로 작품의 주제를 효과적으로 압축해 준다.

결국 전체적으로 사양하는 과정만 기술하고 있는 것이다. 어떻게든 기문을 받아 내려는 사람과 어떻게든 사양하고픈 주인의 줄다리기가 묘한 긴장감을 유발한다. 애당초 상대방의 이력이나 거처의 모습은 철저하게 생략했으니 기문의 취지와는 한참 동떨어진 글인 셈이다. 혜환은 구구한 수사修辭나 사연을 생략시키면서 하나의 안자眼字를 중심으로 서사敍事를 전개하곤 한다. 자칫 단조로울 수 있는 이러한 구성의 약점을 극적인 반전이나 독특한 발상으로 상쇄시킨다.

세상사에서 조화로움〔和〕만큼 중요한 것은 없다. 살다보면 원망도 생기고, 노여움도 나며, 발끈 자리를 박차고 나가는 일도 생긴다. 순간의 감정을 추스르지 못해 버럭 성질을 내면 심각한 상황을 초래하기도 한다. 그러니 대인 관계나 일처리에 조화로움[和]은 아무리 강조해도 지나치지 않다. 이러한 당부는 기문을 청한 사람인 윤화숙에게 주는 동시에, 가장 아끼는 손자에게 주는 당부이며, 한 세상 울근불근하게 화합하지 못한 자신에게 주는 마지막 메시지는 아니었을까. 朴

잘 먹고 잘 살기

형강荊江의 승경은 초계苕溪, 삽계雪溪와 우열을 다툴 만하며, 그 땅도 비옥하여 고목과 좋은 대나무가 많이 난다. 나무꾼이며 농부들이 사는 집, 고기 잡으려고 설치한 시렁과 게 잡으려고 꽂아 둔 대나무들이 보일 듯 말 듯 흩어져 있는데 그 가운데 평평하게 트인 곳에 나의 벗 권權처사處士가 살고 있다. 그는 이곳이 늙은 육신을 편안히 쉴 장소라고 생각하여 편액을 '낙소'樂蘇라고 했다. 처사는 세상 사람들이 추구하는 화려하고 고운 볼거리를 모두 물리치고 관여치 않았으니, 평소에 달리 뜻을 둔 데가 있는 것이다.

대개 사는 데 있어서 제일 긴요한 것은 '생활을 풍족하게 하는 것'(厚生)이다. 그러므로 『논어』에서 공자가 "밥은 잘 정제한 쌀로 지은 것을 선호하셨으며, 회는 가늘게 썬 것을 선호하셨으며, 잘못 익힌 음식은 먹지 않으셨다"라고 했다. 그런데 밥은 반드시 벼로 지어야 하고, 회는 반드시 생선으로 떠야 하며, 익히는 데는 땔나무가 필요하다. 이런 것들은 모두 날마다 쓰는 생필품인데도 사람들은 중요시하지 않는다. 그러므로 처사가 이를 들어서 편액에 썼으니, 육서六書 가운데 회의會意의 원리와 비슷하다. 이렇게 함으로써 현판을 보는 이들이 '거친 음식으로는 육신을 기를 수 있지만 잘 정제된 음식으로는 인성을 기를 수 있다'는 사실을 알게 했다. 처사가 즐거워하는 바는 비록 하찮은 것 같으나 실은 그 무엇과도 바꿀 수가 없는 것이다. 그러하니 처사는 도道에 가까운 사람이다.

荊江之勝, 可與茗雪爭霸, 地又饒壽木美箭. 樵舍佃戶, 漁棚蟹椴, 隱映點綴, 而中寬衍, 吾友權處士居焉, 以爲佚老息躬之所, 顏曰: '樂蘇'. 凡世一切浮艷之觀, 處士皆却而不御, 素托有在. 蓋有生之所急者, 爲厚生. 故魯論曰: "食不厭精, 膾不厭細, 失飪不食." 夫食必以禾, 膾必以魚, 飪則須薪. 是皆日用之常, 而人不察焉. 故處士擧而題之, 若六書之會意, 使見者自解爲其粗可以養體, 而其精微可以養性. 處士所樂者, 雖似淺近, 而實無以易之者, 然則處士, 其幾於道矣. _ 樂蘇窩記

—

　　　　　　　　사람에게 먹고사는 것보다 중요한 것은 없다. 다들 고원한 이상을 지향하고 영향력 있는 자리를 추구하며 멋진 취미를 즐긴다고 하지만, 그 모든 것에 앞서 육신을 위해 무언가 먹는 일이 해결되어야 한다.

충청도 문의면 일대를 흐르는 금강을 형강荊江이라고 불렀다. 풍광 좋기로 유명한 중국 절강浙江 지방의 초계, 삽계에 비견될 정도로 아름다운 곳이다.

이런 멋진 강가 마을에 자리를 잡고 은거하는 친구가 자기 집의 이름을 '낙소'樂蘇라고 지었다. '소蘇를 즐거워하다', 언뜻 이해하기 어려운 말이다. 그러나 무슨 심오한 뜻이 담긴 것은 아니다. 그저 땔나무(艹)에 생선(魚)과 쌀(禾), 즉 생활을 위해 꼭 필요한 물품들을 즐거움의 대상으로 꼽은 것이다. 처음 들으면 어리둥절하지만 알고 보면 별 것 아닌 이름을 통해서, 건물 이름에 뭔가 대단한 가치를 부여하곤 하는 이들에게 살짝 장난을 걸고 있는 것이다. 그렇다면 이 친구가 자기 집의 이름에 건 가치는 무엇인가? 한마디로 후생厚生, 즉 '잘 먹고 잘 살기'다.

그런데 이 애교 어린 장난은 조금 엉뚱하게도 공자孔子를 근거로 삼고 있다. 즐거움(樂)과 관련해서 공자를 끌어오려면 학문의 즐거움이나 안빈낙도安貧樂道 쯤은 말해야 하지 않을까 싶지만, 혜환이 든 것은 공자의 식습관이다. 잘 정제한 쌀로 지은 밥과 가늘게 썬 회를 선호했으며 빛깔이 안 좋거나 악취가 나는 음식, 잘못 익힌 음식, 심지어 바르게 썰지 않은 음식은 입에 대지 않으셨다는, 어떤 이들은 이런 까다로움 때문에 공자 부인이 떠난 것이라는 속설의 근거로 들기도 하는 그 구절이다. 단순히 '소蘇를 파자破字하기 위해 끌어다 붙인 데 불과한 것이 아니라면, 어떤 의미를 담고 있을까?

그 답은 "거친 음식으로는 육신을 기를 수 있지만 잘 정제된 음식으로는 인성을 기를 수 있다"는 말에 있다. 육신을 기르기 위해서는 아무 것이나 먹어도 그만이다. 먹는 데 연연하는 이들은 음식 자체가 중요하기 때문에 그것의 정추精粗를 가리지 않는다. 그러니 먹는 것 하나에서도 삶의 자세가 드러난다. 먹는 것에 그치는 이야기가 아니다. 누구나 늘 하고 사는 일상의 작은 일들 하나하나를 정밀하고 섬세하게 해 나가는 것, 여기에서 진정한 인성이 길

러지는 것이며, 바로 여기에 '도'道가 있다. 그렇다면 과연 무엇이 '잘' 먹고 '잘' 사는 것인지도 새롭게 정의될 일이다. "인생 뭐 있어? 잘 먹고 잘 살면 그만이지"라는 시쳇말과 갈라지는 지점이기도 하다. 오늘 우리에게 있어, 잘 먹고 잘 사는 것은 무엇을 의미하는가? 🔒

빛나는 곤궁함

세상에서 처신할 때는 약삭빠르고, 친구를 사귐에는 건성으로 사귀며, 내뱉는 말은 밀랍처럼 번지르르하고, 시문詩文은 남을 흉내 내기만 한다. 기물과 의복, 음식 같은 것들은 이상야릇하여 무어라고 표현할 수 없을 정도다. 심한 경우는 천지의 조화에도 솜씨가 미진한 것이 있다고 여겨서 조화옹과 공교함을 다투려고 하니, 극에 이른 것이다. 이렇게 되면 그 형세는 서투름[拙]을 받아들이지 않을 수 없게 되니, 한 번 서투르게[拙] 되면 온갖 공교함이 그치게 되어 마음도 몸도 편안하게 된다.

내 친구 신申 처사處士(서원西原 신혜길申惠吉)는 겸謙괘로 처신하여 손巽괘로 들어가고 간艮괘로 멈춰서 둔遯괘로 숨은 자이니, 이것이 실로 처사가 천명을 좇아 마음의 안정을 얻은 징표다.

아! 재빠른 것은 해로움을 사게 되고, 지혜는 걱정을 사게 된다. 그러므로 원숭이는 화살을 맞고 앵무새는 갇히게 된다. 또, 까치의 둥지에 비둘기가 살고 벌꿀을 사람들이 달게 여기니 마땅히 선택할 바를 알아야 할 것이다.

내가 들으니 처사의 선조 졸재선생拙齋先生(신식申湜, 1551~1623)은 곧 신씨申氏 집안의 태산泰山으로 우러를 만한 사람이다. 처사는 자신의 거처가 졸재선생께 제사 지내는 곳에서 가깝기 때문에 경졸당景拙堂이라 이름 지어서 그 일치하는 뜻을 추구했다. 여러 군자들 중에 만약에 대단한 재주와 기이한 말을 자부하여 소박하게 침묵하는 것을 불안하게 여기는 사람은 이 당 앞을 지나지 말지어다.

行己則輓, 交友則面, 言辭則蠟, 詩文則贋. 以至於器用服食, 新異奇妙, 不可名狀. 甚者, 病天地造化之或未盡工, 欲與之爭巧, 極矣. 其勢不得不受之以拙, 一拙而百巧息, 心逸而身泰. 吾友申處士, 以之謙牧而巽入, 艮止而遯藏者, 實處士, 立命符也. 噫! 捷賈害, 彗賈憂. 故山狙射, 隴鳥鎖. 且鵲巢鳩居, 蜂蜜人甘, 宜知所擇矣. 吾聞之, 拙齋先生, 卽申氏之泰山, 所當仰止者. 而處士之居, 近其俎豆之所, 故名堂曰"景拙"以求其相契. 諸君子, 如有負駿才琦辯, 不安於朴素靜黙者, 請無過此堂. _景拙堂記

―

　　　　　　　혜환은 「보졸헌기」保拙軒記라는 글을 쓴 바 있다. 「보졸헌기」가 서투름을 지킨다(保拙)는 의미였다면, 이 글(「경졸당기」)은 한 발 더 나아가 서투름을 경모한다(景拙)는 의미다.
처신이나 교제, 말이나 시문 어느 것 하나 진정성이라고는 찾아볼 수 없는 사람이 있다. 겉보기에는 매우 세련되어 보이지만, 정작 깊이라고는 하나도 없다. 한마디로 말하면 약삭빠르기 이를 데 없는 사람이다. 그러나 호사에 대한 집착은 조물주와 다툴 정도로 심한 지경에 이른다고 했다. 그런데 이러한 교巧가 극치에 이르면 돌연 졸拙을 받아들이지 않을 수 없는 때가 이르게 된다. 교졸巧拙에 대한 혜환의 인식은 여기에서 빛을 발한다. 세상에서는 교巧만을 높은 가치로 떠받들고 있지만, 졸拙한 것이 진정한 몸과 마음의 평화를 가져다준다는 것으로 결론을 맺는다. 그렇다면 졸拙이 꼭 손해를 보는 것만은 아니다. 일체의 가치에 대한 전복은 그의 글쓰기에서 자주 구사되는 방법이다.

이 글의 주인공인 신혜길에 대해서는 『주역』을 인용해 설명했는데, 처신을 겸손하게 하였고 어떤 일에든 겸손하여 남들에게 잘 받아들여졌으며, 멈출 때를 알아 멈추었고, 물러나 숨어 살던 사람이라는 뜻이다.

결국 세속의 잇속과는 상관없이 졸拙함을 실천한 사람이라 할 수 있다. 어쩌면 세속의 관점에서 그의 삶은 별 볼 일 없을 수도 있지만, 혜환이 보는 그의 삶은 나름의 의미가 있는 것으로 환치된다.

세상에는 약삭빠른 사람들이 너무도 많아서 그런 사람들이 우직한 사람들을 우습게 여기지만 정작 그 약삭빠름이 제 발목을 잡게 마련이다. 졸拙하다고 해서 반드시 손해만 있는 것도 아니다. 역설적으로 졸拙함은 교巧함이 되고, 교巧함은 졸拙함이 된다. 똑똑한 척하는 헛똑똑이가 될 것인가? 아니면 아둔해 보이지만 정말로 지혜로운 사람이 될 것인가? 朴

『주역』「겸괘」謙卦 '초육상'初六象에 "겸손한 군자는 낮춤으로써 스스로를 처신한다"(謙謙君子, 卑以自牧也)라고 했다. 손巽괘로 들어간다(巽入)는 말은 겸손해야만 받아들여진다는 뜻이다. 『주역』 「손괘」巽卦 '정전'程傳에 여행할 때의 예를 들어 "겸손해야만 받아들여진다"라고 했다. 간艮괘로 멈춘다(艮止)는 말은 멈출 때가 되면 멈춰야 한다는 뜻이다. 『주역』 「간괘」艮卦 '단사'彖辭에 "간은 멈춘다는 뜻이니 멈춰야 할 때는 멈춰야 하고 가야 할 때는 가야 한다"(艮止也, 時止則止, 時行則行)라고 했다. 둔遯괘로 숨는다(遯藏)는 말은 물러나서 숨어야 할 때는 숨어 살아야 한다는 뜻이다. 『주역』 「둔괘」遯卦 '정전'程傳에 "둔이라는 것은 물러난다는 것"(遯者退也)이라 했으니 여기서의 장藏은 퇴退와 같은 뜻이다. 즉 처신을 겸손하게 하였다.

내 동포 보기를 내 몸 보듯이

똑같은 사람으로 태어났는데 남의 운명을 좌지우지하는 일을 하게 되는 경우가 둘 있다. 관리와 의원이다. 관리는 사랑을 주로 하기는 하지만 때로 무서운 벌을 내리기도 하고, 또 관할 지역에 국한되므로 그 영향이 두루 미치지는 못한다. 사랑만으로 일관하고 그 베풂이 널리 미치는 것은 오직 의원만이 그러하다.

『예기』에 "백 년을 기期라 한다"는 말이 있으니, 사람의 수명은 백 년으로 기한을 삼는 것이다. 그러나 칠정七情에 홀리고 백독百毒에 잠식되어 그 천수를 다 누리는 자는 만 명에 한 명 있을까말까 한 정도이다. 그렇기에 생명의 이치를 터득한 자가 약을 짓고 침을 놓아서 구제해 주는 것이다. 의술의 도는 누구에게나 공평해서 병으로 찾아오는 사람이 있으면 친소와 귀천을 따질 것 없이 처방을 해 준다. 처방이 잘 들어서 병이 나은 사람이 여기저기 두루 퍼져 있지만 다음에 만나면 그 사람을 기억도 하지 못한다. 그러니 친인척이거나 권세 있는 이가 아니면 아무리 상대가 다급해도 꿈쩍하지 않는 속 좁은 이들과 어찌 같겠는가?

또 사람은 어버이를 사랑하지 않는 사람이 없기 때문에 누구나 어버이가 오래 사시게 하려 하고, 자기 자식을 사랑하지 않는 사람이 없기 때문에 누구나 자식이 병들면 근심하게 마련인데, 오래 살게 하고 병을 고치려면 또한 반드시 의약이 필요하다. 그러므로 의료 행위는 나의 마음을 미루어서 남에게 더하는 것이니, 이것이 인자한 혜택이 널리 미치게 되는 이유이다.

김내장金來章 군은 글을 읽어 궁리와 격물의 공부에 힘쓰고, 그 와중에 헌원씨軒轅氏나 기백岐伯 같은 의원이 하는 일까지 했는데, 마음에 깨달은 말이 있으면 전혀 숨기지 않고 묻는 이가 있으면 반드시 대답해 주었다. "내 동포 보기를 내 몸 보듯이 한다"는 그의 말은 어진 사람의 말이다.

아! 사람이 곤궁한지 영달한지는 지위에 달려 있는 것이 아니다. 호사스럽게 먹고 산다 해도 그 혜택을 백성에게 미치게 하지 못하는 자는 곤궁한 자이고, 도포 자락만 걸치고 있어도 그 은혜를 대중에게 베푸는 자는 영달한 자이다. 김 군은 여러 번 어진 선비로 추천되었으나 번번이 윤허되지 못했다. 물러나서 남에게 덕을 베풀기에 더욱 힘썼으니 그의 뜻이 펼쳐지고 도가 행해진 것이다. 그가 거처하는 당의 현판을 '범애'汎愛라고 달았기에 내가 이 기記를 지어서 그 뜻을 해석한다.

並生爲人, 而爲其司命者有二, 官與醫也. 然官主愛而兼威, 且局於地, 不能徧焉. 其壹於愛而施之博者, 惟醫爲然矣. 夫"百年曰期", 人之壽, 盖以百爲期也. 然七情所魅, 百毒所蝕, 盡其數者, 萬或一焉. 於是, 有得天

地生物之性者, 制爲湯液鍼焫以濟之. 其爲道也公溥, 有以病來者, 無親
踈貴賤, 授之以方. 方效病起者, 布在近遠, 異日相逢, 不相記焉, 豈若彼
小夫之非姻戚若勢要, 則緩急不動心哉? 且人莫不愛親, 故欲其壽, 莫不
愛子, 故憂其疾, 而延壽去疾, 亦必須藥餌. 故推吾之心以加於人, 所以
廣仁惠也. 金君來章, 讀書務窮格, 因旁及軒岐家, 言有得於心, 不自秘
焉, 有問必應. 曰: "吾視同胞, 猶視己." 仁人之言也. 噫! 人之窮達, 不
係於位: 鍾鼎而澤不被於民者, 是窮也; 逢掖而恩能施於衆者, 卽達也.
金君嘗屢登賢書, 而輒報罷, 退而爲德於人益力, 然則志伸矣, 道行矣.
遂顔其所居之堂曰'汎愛', 而余爲之記, 以釋其義. _汎愛堂記

一

　　　　　　사람의 질병을 고치고 생명을 연장하는 일은
오늘날 존귀한 직업으로 인식된다. 그러나 주지하다시피 조선 시대에 의원
은 양반과 상민의 중간 계층에 속하는 중인이었으며, 의술은 그야말로 술術
에 불과하지 도道가 아니었다. 사대부로서 추구해야 할 도는 따로 있다고들
생각했다.

여기 한 선비가 있다. 혜환이 아니었으면 지금 우리가 그 이름도 들어 보지
못했을 보잘것없는 인물이다. 그 역시 사대부로서, 성현의 도를 추구하고 입
신의 뜻을 품고 살았다. 그리고 그 여가에, 남들이 천하게 여기는 의술을 익
혔다.

사대부가 공부하여 입신하면 오르는 지위란 것이 높든 낮든 결국은 관리의

부류이다. 물론 관리는 사람을 살리기도 하고 죽이기도 할 수 있다. 그러나 그 영향력이라는 것은 여러모로 제한적일 수밖에 없다. 혜환이 보기에 이보다 영향력이 큰 것이 의원이다. 게다가 진정한 의원은 모든 이들에게 오로지 사랑만을 베풀뿐더러, 상대가 누구인지를 가리지도 않고 대가를 바라지도 않는다. 그러면서 사람이면 누구나 원하는 것을 이루어 줄 수 있다.

이 김내장이라는 선비는 바로 이 길을 평생 걸어갔다. 여러 차례의 추천이 있었으나, 관리로서 살아가는 것은 불행하게도 그에게 허락된 길이 아니었다. 그러나 이것이 과연 불행한 일이었을까? 혜환은 이 선비야말로 진정 영달에 이른 자라고 했다. 사회적 지위가 높든 낮든, 남이 알아주든 그렇지 않든 간에, 많은 이들에게 소중한 은택을 끼쳤기 때문이다. "내 동포 보기를 내 몸 보듯이 한다"는 그의 말이 바로 그의 삶이다. '범애'를 이루며 사는 삶. 이미 그는 뜻을 이루고 도를 행하며 살고 있는 것이다.

의료 행위는 과연 술術인가, 도道인가? 조선 시대와 달리 오늘날 의사는 선망의 직업이고 사회적 지위도 높다. 그런데 의사라는 직업으로 살아가는 이들 중 김내장보다 진정으로 더 영달한 이가 얼마나 될까? 비단 의사에만 해당되는 이야기는 아닐 것이다. 오늘 우리 앞에는 다양한 길들이 있는 것처럼 보이지만, 찬찬히 다시 보면 실은 다 비슷비슷한 욕망을 위해 달려가고 있다. 주변 사람의 아픔 하나 돌아볼 여유 없는 그 분주한 달음박질의 끝은 어디일까? 宋

부끄러워서 안 부끄러운 사람

내가 세상의 군자君子들을 보니 잘난 체하고 남을 업신여기며, 제멋대로 행동하고 큰소리치는 사람이 많았다. 유독 권언후權彦厚 군은 무언가 결여되어 부족한 듯하고, 뒤로 빼서 무능해 보여 그 낯빛에 부끄러움이 있는 것 같았다. 괴이하게 여겨 물으니 머뭇거리다가 한참 후에 말했다.

"저는 천지天地를 대하기가 부끄럽습니다. 천지는 일찍이 수많은 성현聖賢들을 살게 해 주었는데, 지금은 저를 살게 해 주기 때문입니다. 해와 달을 보는 것이 부끄럽습니다. 해와 달은 일찍이 수많은 성현들을 비추어 주었는데 지금 저를 비추어 주기 때문입니다. 또 저는 음식과 거처를 옛사람과 같이하고, 눈으로 보고 귀로 듣고 손으로 잡고 발로 가는 것을 옛사람과 같이합니다. 그런데 그중에 같지 않은 것이 있으니 재주와 재능에 있어서는 고인은 물론이고 지금 사람들만도 못하기 때문에 그러합니다."

내가 이 말을 듣고 얼굴빛을 고치며 말했다.

"자네는 부끄러움을 아는 자이니 부끄러움을 멀리 할 수 있을 것이

네. 자네가 일찍이 집의 편액을 구했는데 '부끄러움'[恥]으로 편액을 삼음이 좋을 것 같네."

기문을 청하니, "나 또한 자네의 부끄러움을 부끄러워하는 사람이다. 그대를 위해 기문을 짓는 것이 곧 나 스스로를 말하는 것이다"라고 했다.

余見世之君子, 多自尊而傲物, 肆意而大言. 獨權君彥厚, 欿然若不足, 退然若無能, 而其色則若心有所恥, 而達于面者. 怪而問之, 逡巡良久曰, "我恥對天地, 天地曾覆載幾多聖賢, 而今覆載我也. 恥見日月. 日月曾照臨幾多聖賢, 而今照臨我也. 且我之飮食居處, 與古人同, 目視耳聽手持足行, 與古人同, 其中有未同者, 以及一藝一能, 勿論古人, 亦多不如今人者. 故然也." 余爲之改容曰, "君知恥者, 可遠恥矣. 君嘗求顏其軒, 此可顏也." 請記曰, "我亦恥君之恥者, 記爲君作, 卽自道也." _恥軒記

—

　　　　　　　　세상에는 함부로 행동하는 사람들이 많다. 그러나 권언후는 아주 소심하고 무능한 듯한 모습으로 혜환을 찾아왔다. 영락없는 빙충이인데 얼굴에는 늘 부끄러워하는 기색마저 역력했다. 그의 이러한 태도가 이상해서 까닭을 물어 보니 그는 자신의 부끄러움에 대해서 이야기한다.

권언후의 부끄러움은 성현聖賢이나 고인古人과 같아질 수 없는 부끄러움으

삶의 길, 죽음의 자세　　45

로 압축된다. 성현이나 고인의 삶을 꿈꾸고 닮아 가려는 시도 속에서 삶은 변화할 수 있다. 자신의 삶을 갱신하는 가장 필수적인 요소는 다름 아닌 부끄러움이다. 그러니 살아간다는 것은 부끄러운 일투성이이고, 늘 부끄럽지 않을 수 없다. 그래서 고인처럼 살지 못하니 천지에 있는 것도 일월을 보는 것도 부끄럽다고까지 생각했다.

『중용』에 "부끄러워할 줄 아는 것은 용기에 가깝다"(知恥, 近乎勇)고 했다. 그리고 "사람은 부끄러워하는 마음이 없어서는 안 된다. 부끄러워하는 마음이 없는 것을 부끄러워한다면 부끄러운 일이 없게 될 것이다"(人不可以無恥, 無恥之恥, 無恥矣)는 맹자의 말이다. 정작 부끄러워해야 할 사람은 부끄러워하지 않는다. 잘못한 사람은 잘못했다고 말하지 않는다. 늘 부끄럽다고 말하는 사람은 부끄럽지 않은 사람들뿐이다. 세상에서 정말 부끄러운 일은 부끄러움이 없다는 것이고, 세상에서 가장 무서운 것은 무서운 것이 없다는 사실이다. 세상 사람들은 너무나도 후안무치, 파렴치, 몰염치에 익숙하다. 결국 혜환은 부끄러움도 모르는 당대 지식인에 대한 통렬한 비판을 한 셈이다. 정작 부끄러워해야 할 사람이 부끄러워할 줄 모르는 것은 그때만의 일이 아니다.

朴

편안할 수밖에 없는 집

편안히 여기면 불안함이 없고, 편안히 여기지 않으면 불안함이 없을 수 없다. 불안함이 없기 때문에 초효연焦孝然은 오두막집에서, 원하보袁夏甫는 토실土室에서 평생을 살아도 매우 만족했다. 불안하기 때문에 왕홍王鉷과 고변高駢은 누대와 정자를 금옥金玉으로 장식해 지극한 화려함을 다하지 않고서는 그만두지 않았다. 그런데도 후세 사람들은 초효연과 원하보를 덕이 높은 어진이로 받들고, 왕홍과 고변은 역사에서 내치니 그 결말이 어떠한가? 그렇다면 이 집이 비록 누추하기는 해도 어찌 편안하지 않겠는가?

安之, 無不安; 不安之, 無不不安. 無不安, 故焦孝然蝸廬, 袁夏甫土室, 終身處之, 甚適. 無不不安, 故王鉷高駢, 金玉飾臺榭, 不窮極侈麗, 不已. 第後人以高賢獻焦袁, 錮鉷駢於靑史, 其究何如? 然則是齋, 雖陋, 盍安之? _ 盍安齋記

혜환은 같은 글자를 반복해서 사용함으로써 주제를 더욱 부각시키는 방법을 사용하곤 한다. 곁가지가 되는 내용들을 최대한 배제한 채 짧은 글 속에서 주제 의식을 강화하는 효과를 노린다.

이 한 편의 안자眼字는 안安이다. 안安 자를 이용한 발랄한 행문行文을 구사하고 있으며, 부정 또는 이중부정을 통해서 글자의 숫자에 변화를 줌으로써 긴장감을 유지시킨다. '편안할 수밖에 없는 집'(盍安齋)이라는 제목을 가진 이 글은 편안함과 불안함 모두 집의 누추함이나 화려함과는 상관없이 결국은 자신의 마음에 달려 있음을 역사적 인물의 사례를 통해 말하고 있다.

초효연(초선焦先. 효연은 자字)과 원하보(원굉袁閎. 하보는 자)는 각각 와우려蝸牛廬와 토실土室에서 살면서 세속의 가치 따위는 우습게 여기며 자신의 의지대로 삶을 이어 나갔다. 왕홍과 고변은 권력의 중심에 있던 인물들로 대저택에서 살았다. 그러나 왕홍은 가렴주구를 일삼다 동생의 역모에 연좌되어 비참히 죽었고, 고변은 가혹한 정치를 하다가 휘하 장수의 손에 죽었다.

사람들은 편안함이 공간이나 상황에 있지 않고 자신의 마음에 달려 있다는 것을 종종 잊는다. 욕심과 욕망을 줄인다면 가난도 편안함이 될 수 있고, 후대의 역사에서 기림을 받을 수 있다. 그러니 현세적 가치만을 좇으면서 느끼는 불안감보다는, 정도正道를 추구하면서 얻는 편안함이야말로 진정한 삶이라는 점을 이야기한다. 곧 사라질 화려하고 사치스런 집에서 살 것인가? 오랫동안 기억될 역사의 집에서 살 것인가? 朴

느리게 산다는 것의 의미

경자년 여름은 오래 가물어서 햇볕이 불과 같았다. 그런데 문득 비가 그친 뒤 북쪽 창문 아래에서 서늘함을 맛보았다. 가지고 있던 고금의 이런 저런 그림을 들추어 보다가 심사정沈師正의 〈어장도〉漁莊圖를 보고 놀라서 말하길 "어찌 그리 내 친구 만어옹晩漁翁의 거처와 이다지도 비슷한가?"라고 했다. 만어옹이 정자의 기문을 지어 달라고 한 지 며칠이 지났는데, 잊어버리고 있다가 우연히 지금 비슷한 그림 때문에 생각이 퍼뜩 떠올랐다. 서둘러서 벼루에다 처마 물을 받아서 먹을 갈고 붓을 적셔 글씨를 써서 기를 짓는다.

옹翁은 어부가 아니고 일찍이 조정에서 벼슬하여 사우士友들의 맹주盟主가 되었다가, 얼마 후 싫증이 나자 이 정자에서 쉬면서 스스로 육구몽陸龜蒙과 장지화張志和의 반열에 들었다. 낚시터와 다리를 갖추었고 갈매기와 백로를 거느린 이 정자는 호숫가에 있다. 호수의 물결은 난간에 비치고, 물가의 풀과 꽃들은 향기를 다투며 색깔을 희롱하여 즐거운 구경거리가 되어 준다. 게다가 밀물과 썰물이 들고 나면서 거품이 일어났다 사라졌다 하는 모습에서 천지간의 온갖 변화하는 이치를 볼 수 있다. 반가운 손님이 올 때마다 그물로 물고기를 잡아 술안주 삼고, 자식들에게 옛날의 「어부사」漁父辭를 노래하게 하면 매우 즐거워서 늙는 것도 잊을 수 있다.

삶을 사는 방법에는 바쁜 것과 한가로운 것 두 가지가 있다. 바쁜 사람은 남의 눈치나 보면서 손발을 자신의 소유로 삼지 못한 채 일생을 마치고, 한가로운 사람은 여유 있게 조물주가 자신에게 준 것을 다 누린다고 한다면, 옹의 하루는 다른 사람의 100일에 해당하는 셈이다. 또한 소상강瀟湘江과 동정호洞庭湖, 초계苕溪와 입택笠澤은 세상에서 칭찬을 받는 곳들이지만 가져올 수는 없으니 눈앞에 한 굽이 호수의 좋은 경치는 만 리의 상상을 달리게 한다. "남의 자애로운 조부祖父가 되기는 쉬워도 운치 있는 조부가 되기는 어렵다"는 말도 있는데 대개 인자함은 항상 있을 수 있지만, 운치가 있는 것은 특별하기 때문이다. 지금 옹은 높고 넓은 데에 뜻을 두고, 운치 또한 유장하니 장차 권씨 가문의 운치 있는 조부가 될 것이다.

庚子夏久旱, 日如火. 忽雨過, 納涼於北窓下. 閱所蓄古今雜畵, 見沈玄齋漁莊圖, 訝曰: "何其似吾友晚漁翁居也?" 翁求記其亭有日, 偶忘之, 今因似者而起思矣. 急以硯承簷溜, 磨墨濡毫, 書爲記曰. 翁非漁者, 嘗仕於朝, 爲士友約主. 已而意倦, 歸休于此亭, 自班於江上丈人烟波釣徒. 位置磯梁, 部署鷗鷺, 而亭臨湖. 湖波, 影於欄檻, 汀草渚花, 爭芳弄色, 以供娛玩. 潮汐進退, 漚泡起滅, 以觀天地間消息盈虛之理. 嘉賓時至, 網魚以佐酒, 令兒孫歌古漁父辭, 可樂而忘老矣. 夫道二, 忙與閑. 忙

者逐人耳目, 手脚不爲己有以畢生焉, 閑者優游自在, 盡享造物所以餉我
者. 然則翁之一日, 直人之百日矣. 且瀟湘洞庭, 茗溪笠澤, 天下之譽也.
然不可携而來, 則眼前一曲之湖勝, 馳萬里之想矣. 語有之, "爲人慈祖父
易, 韻祖父難." 盖慈恒而韻特故也. 今翁托寄高曠, 風致弘長, 其將爲權
氏之韻祖父矣. _晚漁亭記

—

　　　　　　　　　　　1780년에 지은 혜환의 말년 작품으로 은퇴한
친구에게 주는 글인 동시에 자신의 노년을 반추하는 글이기도 하다. 권사언
權師彥(1710~?)의 만어정晚漁亭을 대상으로 하고 있다. 권사언은 본관은 안
동安東, 자는 중범仲範, 호는 화죽헌花竹軒·산향재山響齋이며 자세한 행적은
확인할 수 없다. 권사언의 별장인 만어정은 마포에 있었는데 많은 문인들이
글을 남긴 바 있다.

혜환은 문자 유희[Pun]를 상당히 즐겼다. 일반적으로는 파자破字의 방식으
로 진행되는데, 이 글에서는 삼수변[氵]과 관련된 글자들의 조합으로 호수에
위치한 정자의 기문을 완성했다. 漁, 江, 波, 潮, 汀, 渚, 汐, 漚, 泡, 消, 酒,
瀟, 湘, 洞, 溪, 澤 등 십여 개의 글자를 사용해 호수에 있는 정자의 분위기
를 한껏 살렸다. 친구 권사언은 사환仕宦 생활에 염증을 느껴 은퇴하고, 만어
정 근처에 자리를 잡아 육구몽이나 장지화처럼 은거 생활을 누렸다. 여간 운
치가 있는 삶이 아니다.

삶의 방식에는 두 가지가 있다. 하나는 자신의 성취와 성공만을 위해 바쁘게

선유도船遊圖

심사정, 1764년, 종이에 담채, 27.3×40cm, 개인 소장

사는 것이고, 다른 하나는 자신의 내면에 침잠한 채 한가롭게 사는 것이다. 어떻게 사는 것이 옳다고 단정적으로 말할 수는 없다. 그러나 내가 나의 주인이 되지 않는 삶이란 결국 다 거짓이 아닌가. 남 눈치나 살피고 비위나 맞추면서 남의 수족으로 한평생을 산다면 그보다 억울한 일도 없다. 이런 답답한 일상에서 벗어나고 싶은 마음은 옛사람이나 지금 사람이나 다름이 없는 모양이다.

H. D. 소로우Thoreau의 『월든』Walden이나 헬런 니어링Helen Nearing의 『아름다운 삶, 사랑 그리고 마무리』 등은 모두 일상적인 삶의 궤도에서 벗어나 용기 있게 자신만의 한가로운 삶을 실천한 사람들의 이야기이다. 그들은 현 상황을 유지하고 꾸려 나가기 급급한 현재를 살지 않았다. 자급자족을 하면서 최소한의 비용을 벌고, 나머지 시간들은 사색과 산책, 정원 손질, 가족과의 대화 등에 온전히 바쳤다. 이 글 속 권사언의 삶도 이들과 다르지 않다.

성공과 욕망만을 위해서 산다면 결국에는 공허해질 수밖에 없다. 그보다 진정한 자신과 마주 서는 순간이 나다운 삶이다. 하루를 살아도 오로지 나만을 위해 나답게 산다면 그것은 산술적인 하루의 가치와는 크게 다를 수밖에 없다. 혜환의 말처럼 하루를 살아도 100일을 산 가치를 가질 수도 있다. 떠난다는 숱한 다짐은 모두 흐지부지 끝나게 마련이다. 나중에 떠나려 한다면 그 나중에도, 또 그 다음에도 떠날 수 없다. 삶이란 결국 선택의 문제다. 현실에 매몰될 것인가, 현실에서 탈주할 것인가. 극단적으로 둘 중 어느 하나만을 선택하기란 애당초 범인凡人들에게는 불가능한 일인지도 모르겠다. 좀 더 여유가 있다면 언젠가는 떠날 수 있겠지 하는 되뇜 속에서 짧은 생을 소진하며 그럭저럭 살아가고 있는 것이다. 한평생을 다 살고 난 노대가老大家의 일갈

은 바쁜 일상에 휩쓸려 살아가는 우리의 귀와 가슴을 따갑게 후려친다. 朴

'초계'와 '입택'은 장지화와 육구몽에 관련된 단어이다. 장지화는 친상親喪을
당한 후에 벼슬을 그만두고 강호에 살았는데, 어느 날 장지화가 호주 자사湖
州刺史인 안진경顏眞卿을 방문했다. 안진경이 그의 배가 망가진 것을 보고
새 것으로 바꾸길 청하자 장지화가 "나의 소원은 배를 집 삼아 물 위에 살면
서 초계苕溪와 삽계霅溪 사이를 왔다 갔다 하는 것입니다"(願爲浮家泛宅, 往來
苕霅間)라고 말했다. 입택笠澤은 육구몽이 살던 호수 이름으로 그는 이 호수
에 배를 띄우고 그 속에서 살며 입택어옹笠澤漁翁이라 자칭했다.

돌을 마주보며

산의 뼈를 돌이라고 한다. 그에 속하는 것으로는, 무늬와 빛깔이 섬세하고 매끄럽기가 그림 같아서 아녀자의 장식이 되는 것이 있으며, 모양이 괴상하기가 짐승이나 귀신과 같아서 고관대작의 완상거리로 바쳐지는 것도 있으며, 입에 발린 말에 넘어가 마르고 썩는 것들과 어울려서 뭐가 진짜인지 어지럽히는 것도 있다. 그중에 우뚝하게 뛰어난 자질을 지니고 있는 것은 이런 것들을 부끄럽게 여겨서 우리나라 산과 바다 사이에 높이 솟아 있으면서 세상에 알려지기를 구하지 않는다. 그 지역 주변에 이름난 경치와 훌륭한 구경거리가 많으나 그들과 경쟁하지도 않고 그들에게 압도되지도 않으니 절로 높아진다.

나의 벗 이여중李汝中(이심전李心傳, 1738~?) 군이 그 옆에 정자를 짓고 말했다. "서로 마주하여 보기는 하지만 서로 기대지 않음을 중히 여깁니다. 그저 각기 자신의 절개를 지킬 뿐. 그 아래는 맑은 물이 있어 일체의 분주한 것들을 비우게 해 주지요."

山骨曰石. 其同譜者, 有文采細潤如繪畫, 爲婦孺飾者; 有恣狀怪類獸鬼,

供豪貴玩者; 有受詶辭黨枯朽, 貿亂是非者. 其落落負瓌奇之質者恥之,
磈然峙於大東海山之間, 不求知於世. 而環其地, 多名勝偉觀, 不與競不
受壓, 自爲高焉. 余友李君汝中, 亭於其旁曰: "相對看, 然亦不相借爲
重, 惟各守其介. 而其下有水澄明, 空一切營營者." _磊磊亭記

—

　　　　　이 글의 원제인 「뇌뢰정기」에서 '뇌뢰'磊磊는
돌이 많이 쌓인 모양을 뜻한다. 한자의 생김새만 보아도 이런 뜻임을 단박에
알 수 있다. 이 '뇌뢰'로 정자의 이름을 삼은 이가 있었으니, 이 정자를 위한
기문이 돌 이야기로 시작하는 것은 자연스러운 일이다.
천지가 개벽하자 맨 먼저 나와서 세상을 다스렸다는 신화적 인물 반고盤古
가 있었다. 그가 죽을 때 숨기운은 바람과 구름이 되고, 목소리는 천둥 번개
가 되고, 두 눈은 해와 달이 되고, 머리카락과 수염은 별이 되고, 털은 초목
이 되고, 땀은 비와 이슬이 되었다고 한다. 도교에서 말하는 천지 창조의 신
화다. 이때 그의 팔다리는 산이 되고, 살은 흙이 되었으며, 뼈는 돌이 되었다
고 한다.
산의 뼈를 이루는 돌은 무수히 많다. 그 가운데 몇몇 돌들은 사람의 눈에 들
어서 아녀자의 장신구며 관상용 수석壽石이 되기도 한다. 분재盆栽의 일부로
쓰이면 마르고 썩는 나무와 한통속이 되어서 변함없는 돌의 속성을 잃어버
리기도 한다. 그러나 이런 세태가 부끄러워 주변의 어떤 것과도 경쟁하지 않
고 세상에 알려지기를 구하지도 않으면서 홀로 우뚝 높이 솟은 돌도 있다.

이 돌들이 우리네 삶을 비유한 것임은 어렵지 않게 알 수 있다. 자신의 외모와 능력을 팔아 남의 노리개가 되거나 아첨에 넘어가 본분을 잃는 사람이 얼마나 많은가. 섣불리 세상에 알려지기를 구하기보다는, 남들과의 비교에 연연하지 않고 자신의 소신을 지키는 것이 중요하다. 경쟁하지 않되 압도되지 않기! 이렇게 홀로 자신의 길을 가다 보면 어느새 누구보다도 높은 경지에 이를 수 있다.

정자의 주인은 돌에서 이런 삶을 배우고자 하는 인물이다. 배우는 방식은 그저 곁에 두고 바라보며 자신의 절개를 지키는 것뿐이다. 마주보기는 하되 기대지 않기! 그리고 그 아래, 때때로 세속적인 욕망에 분주해지곤 하는 자신을 깨끗이 비울 수 있도록 맑은 물 한 줄기 흘려 놓았다.

'뇌뢰'는 뜻과 절개가 확고하고 분명한 모양을 뜻하기도 한다. 무수히 쌓인 돌들 가운데 홀로 우뚝하여 절개를 지키는 고고한 삶. 뇌뢰로 정자의 이름을 삼은 이의 지향을 짧지만 절묘한 기문으로 담아냈다. 宋

오늘이 마지막인 것처럼

사람이 오늘이 있음을 모르면서부터 세도世道를 그르치게 되었다. 어제는 이미 지나갔고 내일은 아직 오지 않았으니, 무언가 하고자 한다면 다만 오늘에 있는 것이다. 이미 지난 과거는 다시 돌이킬 방법이 없고, 미래는 비록 3만 6천 일이 계속 이어져 온다 하더라도 그날에는 각기 그날에 마땅히 해야 할 것이 있으니 진실로 이튿날로 미룰 만한 여력이 없다. 한가함은 경전에 실려 있지도 않고 성인도 말씀하신 적 없는데 한가함에 맡겨 세월을 보내는 사람이 있으니 괴이한 일이다. 이에 따라 우주 간의 일에 그 몫을 다하지 못하는 사람이 많은 것이다. 하늘은 스스로 한가하지 못하여 항상 운행하는데, 사람이 어찌 한가할 수 있겠는가?

그러나 오늘 해야 할 것 또한 꼭 같지는 않아서 착한 사람은 착한 일을 하고, 착하지 않은 사람은 착하지 않은 일을 한다. 그러므로 그날에 길함과 흉함, 제때와 제때 아님이 있는 것이 아니라 단지 그것을 사용하는 사람에게 달려 있을 뿐이다. 하루가 쌓여서 열흘이 되고 한 달이 되고 사철이 되고 한 해가 되니, 사람은 또한 날마다 그것 닦기를

58

가욕可欲으로부터 대이화大而化에 이르도록 해야 한다.

지금 신申 군君은 수양하고자 하는 자로 그 공부가 오직 오늘에 달려 있을 뿐 내일을 말하지 않는다. 아! 수양하지 않는 날은 살지 않은 것이나 마찬가지이니 곧 헛된 날이다. 군은 모름지기 눈앞의 밝은 것을 가지고 헛된 날로 만들지 말고 오늘을 만들어야 할 것이다.

自人之不知有當日, 而世道非矣. 昨日已過, 明日未來, 欲有所爲, 只在當日. 已過者, 無術復之. 未來者, 雖三萬六千日, 相續而來, 其日各有其日當爲者, 實無餘力可及翌日也. 獨怪夫閒者, 經不載, 聖不言, 而有托以消日者. 由此而宇宙間事, 多有不得盡其分者矣. 且天不自閒而常運, 人安得閒哉? 然當日所爲者, 亦不一, 善者爲善, 不善者爲不善. 故曰無吉凶孤旺, 但在用之者耳. 夫日積爲旬而月而時而歲成, 人亦日修之, 從可欲至大而化矣. 今申君欲修者, 其工夫惟在當日, 來日則不言. 噫, 不修之日, 乃與未生同, 卽空日也. 君須以眼前之昭昭者, 不爲空日, 而爲當日也. _當日軒記

—

위의 글은 기문記文이다. 서사증徐師曾은 『문체명변』文體明辨에서 기기를 다음과 같이 설명했다.

"대개 기記란 비망록이라 할 수 있다. 예컨대 건물의 준공을 기록할 때는 마땅히 언제 시공하여 언제 준공했는가, 소요된 경비가 얼마인가, 누가 주관했고 누가 도왔는가를 모두 기록하고 그 일을 서술한 뒤에는 간단하게 의론을 지어 끝맺어야 한다."

곧 기記란 객관적인 사실에 의거한 글이다. 후대에 오면서 의론이 강조되기는 했지만, 혜환처럼 거의 대부분을 의론에 할애한 경우는 드물다.

어제는 이미 돌이킬 수 없고, 내일은 아직 오지 않았다. 어제에 발목을 잡히거나 미래를 근심하다가 정작 너무나도 소중한 오늘은 흘려보내는 일이 많다. 오늘 처리할 일들을 소홀히 해서 내일로 미룬다면 오늘 일은 물론이거니와 다음날의 일들도 모두 그르치게 마련이다. 그러나 헛된 일에 시간을 쏟아붓거나 빈둥빈둥 시간을 버리며 하루하루를 보내는 사람이 많다. 무수한 경전에는 한閑이란 글자가 실려 있지 않고 성인들도 주장한 바 없으니 함부로 한가할 수 없는 노릇이다. 하루 자체에는 어떠한 확정된 의미가 없어서 그것을 운영하는 사람한테 그날의 의미가 달려 있다. 지금의 내가 하는 일이 쌓여 미래의 내가 되는 것이니, 더 좋은 사람이 되기 위해 끊임없이 노력해야 한다. 스스로 수양하지 않는 날은 헛된 날과 마찬가지라서 살아가는 의미도 줄 수 없다.

혜환은 오늘의 의미에 대해 깊이 있는 통찰을 보여 주면서, 우리가 제어할 수 있는 건 오직 현재와 오늘 뿐이란 사실을 역설하고 있다. 결국 우리는 오늘을 살 뿐이다. 오늘 불행하면서 내일의 행복을 말할 수 없으니 행복을 유예하지 않아야 한다. 또 불행한 과거 때문에 오늘마저 그러한 과거로 만들어서는 곤란하다. 창피한 것은 오늘을 대충 허비하는 나, 과거에서 허우적거리는 나, 미래만 열망하는 나이다. 매일 매일 새롭게 어제와 다른 내가 되기 위해 노력하는 열정이 필요하다. 그런 하루하루가 모여 인생이 됨은 말할 것도 없다.

오늘의 중요성은 여러 글에서 찾아볼 수 있다. 주희朱熹의 글로 알려진 「권학문」勸學文에서는 "오늘 배우지 않고 내일이 있다고 말하지 말라"고 했고, 정약용은 「도산사숙록」陶山私淑錄에서 이렇게 말했다.

> 천하에 가르쳐서는 안 되는 두 글자의 못된 말이 있다. '소일'消日(날을 없애다)이 그것이다. 아, 일을 하는 사람의 입장에서 말하자면, 1년 360일 1일 96각을 이어 대기에도 부족할 것이다. 농부는 새벽부터 밤까지 부지런히 애쓴다. 만일 해를 달아 맬 수만 있다면 반드시 끈으로 묶어 당기려 들 것이다. 그런데 저 사람은 대체 어떤 사람이기에 날을 없애 버리지 못해 근심하며 장기바둑이며 공차기 놀이 등 하지 않는 일이 없단 말인가?

공지영의 소설 『즐거운 나의 집』에서도 "마귀의 달력에는 어제와 내일만 있고 하느님의 달력에는 오늘만 있다"라고 했다. 어제는 죽어 버린 오늘이고, 내일은 오지 않은 오늘이다. 나는 오늘을 어떻게 살았고, 어떻게 살고 있으며, 또 어떻게 살아가야 할까? ㊊

"가욕可欲으로부터 대이화大而化에 이르다"(從可欲至大而化矣)라는 말은 사람이 수양하여 점차적으로 올라가는 단계를 말한다. 『맹자』「진심 하」盡心下편에서 맹자는 인간 수양의 단계에 관해 다음과 같이 말했다.

"욕구해도 되는 것을 선善이라 하고 자기 몸에 있게 하는 것을 신信이라 하고 충실케 한 것을 미美라 하고 충실하여 빛남이 있게 하는 것을 대大라 하고 대大하여 화化하는 것을 성聖이라 하고 성聖스러워 알 수 없게 하는 것을 신神이라 한다."(可欲之謂善, 有諸己之謂信, 充實之謂美, 充實而有光輝之謂大, 大而化之之謂聖, 聖而不可知之之謂神.)

손자야 내 손자야

자기 피붙이는 본래부터 사랑하지만, 남은 자기에게 이익이 있어야 사랑하게 되는 것이다. 지금 너는 내 손자다. 그리고 나는 늙고 병들어 귀와 눈을 너에게 의지하고, 눕고 일어나는 일도 너를 필요로 하며, 서책이며 지팡이 챙기는 일을 네가 도맡고 있으니 그 보탬이 매우 많다. 이는 본래부터 사랑하는 마음에 더하여 자기에게 이익이 되는 자를 사랑하는 마음까지 겸한 것이다. 다만 나의 덕으로 너에게 해 줄 만한 것이 없어서 여기에 옛사람의 격언을 써서 너에게 주노라. 아름다운 너의 자질로 이 말들에 마음과 힘을 다 쏟으면 장래에 성취할 것이 어찌 요즘 우리나라 인물들의 수준에 그치고 말겠는가?

만족할 줄 아는 자는 하늘이 가난하게 할 수 없고, 구하는 것이 없는 자는 하늘이 천하게 할 수 없다. 시름과 고통을 참기는 쉽고, 기쁨과 즐거움을 참기는 어려우며, 노여움과 분노를 참기는 쉽고, 좋아함과 웃음을 참기는 어렵다. 남을 헐뜯는 자는 자신을 헐뜯는 것이고, 남을 성취시키는 자는 자신을 성취시키는 것이다. 천하에는 착한 일을 하는 것보다 더 쉬운 것이 없고, 착하지 않은 일을 하는 것보다 더 어려운 것이 없다. 일 하나라도 생각 없이 하면 곧 창자를 썩히게 되고, 하루라도 일을 하지 않으면 곧 미련한 놈이 되는 것이다. 옛사람에게 양보하면 의지가 없는 것이고, 지금 사람에게 양보하지 않으면 아량이 없는 것이다. 군자에게 있는 변치 않는 사귐을 '의'義라 이르고, 변치 않는 맹세를 '신'信이라 이른다. 곡식이 되나 말에 넘치면 사람이 평미 레로 밀고, 사람이 분수에 넘치면 하늘이 평미레로 밀어 버린다. 과거에 합격하는 것은 사람의 지기志氣를 길러 주기도 하지만 사람의 선한 바탕을 없앨 수도 있다.

스스로 반성하고 스스로 송사한다. 스스로 강하게 하고 스스로 후하게 한다. 스스로 취하고 스스로 짓는다. 스스로 포악하게 하고 스스로 포기하게 한다. 그러니 자기에게서 말미암는 것이지 남에게서 말미암는 것은 아님이 명백하다. 천 사람이 나를 알게 하는 것이 한 사람이 나를 알게 함만 못하고, 한 세대가 나를 알게 하는 것이 천 세대가 나를 알게 함만 못하다.

己子孫本有愛, 他人則益於己而後始愛. 今汝我孫也. 且我老病, 耳目寄 於汝, 臥起須於汝, 書策几杖之役, 汝又皆任之, 其益甚多. 是本愛之外, 亦兼益己之愛者也. 第我無德可以及汝, 玆書古人格言以贈汝. 汝質性旣 美, 復從事於斯, 將來所就, 豈止東國近時人物而已哉? 能知足者, 天不 能貧, 能無求者, 天不能賤. 忍愁苦易, 忍歡娛難, 忍怒罵易, 忍嬉笑難. 毁人者自毁, 成人者自成. 天下莫易於爲善, 莫難於爲不善. 一念不及物, 便是腐腸, 一日不做事, 便是頑漢. 讓古人是無志, 不讓今人是無量. 君

子有常交曰義也, 有常誓曰信也. 釜鼓滿則人槩之, 人滿則天槩之. 得意
場中, 能長人志氣, 亦能消人善根. 日自反自訟, 自强自厚, 自取自作, 自
暴自棄, 明由于己, 不由乎人也. 使千人知我, 不如使一人知我, 使一世
知我, 不如使千世知我. _ **書贈外孫許瓆**

—

　　　　　　　　　이 글은 외손자인 허질許瓆(1755~1791)에게
준 것이다. 여러 손자들 중에 유독 그를 아꼈는지 그에 대한 글이 유난히 많
다. 외손자는 평소에 혜환에게 많은 도움을 주었던 것으로 보인다. 귀가 들
리지 않을 때는 옆에서 크게 이야기를 전하고, 눈이 보이지 않을 때는 책을
대신 읽어 주기도 했으며, 기력이 떨어져 운신하기 힘들 때는 자리에서 일어
나고 눕는 일도 거들어 주었다. 뿐만 아니라 집안의 잗다란 일까지 대신 처
리해 주었으니, 그 손자를 얼마나 고맙고 대견하게 여겼을지는 말하지 않아
도 충분히 짐작할 수 있다.

옛사람의 좋은 글을 한 구절 한 구절 모아 당부의 말로 구성한 이 글에 사용
된 서목書目은 『격언연벽』格言聯璧, 『위백자집』魏伯子集, 『녹문은서』鹿門隱
書, 『전공량측어』錢公良測語, 『통현진경』通玄眞經, 『만명이십가소품』晚明二十
家小品, 『신감』申鑒, 『관자』管子 등이다. 시기로는 한漢나라 때부터 명청明淸
까지이고, 주제 면에서는 도가道家, 금언류金言類에까지 이르니, 혜환의 다
양한 독서 편력을 엿볼 수 있다.

내용은 대부분 처세와 관련된 만족, 인내, 처신, 선행, 의義와 신信 등을 담고

있다. 처세라는 큰 주제 속에서 개별 전고들은 그 주제를 더욱 심화시키는 역할을 한다. 청언淸言의 구기口氣가 물씬 풍기면서, 말미에서는 자기 자신에 대한 끊임없는 천착과 반성을 요구한다. 「환아잠」還我箴(이 책 76쪽)이 자아의 실존적 의미를 담고 있다면, 이 글은 자아의 실천적 의미를 담은 셈이다. 당부의 글로 다소 딱딱하게 느껴질 수도 있지만, 험난한 세파와 싸워야 할 손자에 대한 염려와 배려가 더욱 진하고 따스하게 전해진다. 朴

바로 이 사람

'차거'此居는 이 사람이 이곳에 산다는 말이다. 이곳은 바로 이 나라 이 고을 이 마을이고, 이 사람은 나이가 젊으나 식견이 높으며 고문古文을 좋아하는 기이한 선비이다. 만약 그를 찾고 싶으면 마땅히 이 기문記文 안에서 찾아야 할 것이다. 그렇지 않으면 무쇠 신발이 다 닳도록 대지를 두루 다니더라도 결국 찾지 못할 것이다.

此居, 此人居此所也. 此所卽此國此州此里, 此人年少識高, 耆古文, 奇士也. 如欲求之, 當於此記, 不然, 雖穿盡鐵鞋, 踏遍大地, 終亦不得也.
_ 此居記

—

　　　혜환의 산문은 매우 짧다. 이 글은 그중에서도 특히 더 짧은 편에 속하는데, 7언 율시보다도 짧은 53자로 이루어져 있다. 이 짧은 글에 차此가 무려 9번이나 등장한다. 어려운 글자도 없고, 어려운 구두句讀도 없다. 이 글에서 작가는 이 사람에 대한 어떠한 정보도 주지 않는다. 불친절하지만 이 사람에 대한 궁금증은 더해만 간다.

이 사람이 어디에 사는지 알 수 없다. 아니, 알 필요도 없다. 사는 곳에 대한 확인은 관계망의 시발始發일 뿐, 이 사람에 대한 이해에는 도리어 방해가 된다. 이 사람은 다만 나이가 젊고 고문을 좋아하는 기이한 선비일 뿐이다. 단지 그뿐이다. 무엇이 더 필요한가. 쓸데없이 이 사람에 대해 이리저리 기웃대며 알려고 할 필요가 없다. 혜환은 이 사람에 대해서 다 말했다. 朴

따르며 살리라

바람이 동쪽으로 불면 동쪽으로 향하고 바람이 서쪽으로 불면 서쪽으로 향한다. 다들 바람 부는 대로 쏠리는데 어찌 따르기를 피하려 하겠는가? 내가 걸으면 그림자가 내 몸을 따르고 내가 외치면 메아리가 내 소리를 따른다. 그림자와 메아리는 내가 있기에 생겨난 것이니 따르기를 피할 수 있겠는가? 그림자와 메아리가 묵묵히 앉아서 저 하고 싶은 대로 할 수 있겠는가? 그럴 리는 없다. 어째서 상고시대의 의관을 따르지 않고 오늘날의 복식을 따르며, 중국의 언어를 따르지 않고 각기 자기 나라의 발음을 따르는 것일까? 이는 수많은 별들이 하늘의 법칙을 따르고 온갖 냇물이 땅의 법칙을 따르는 것과 같은 도리이다.

물론 일반적인 추세를 따르지 않고 자신의 천성과 사명을 견지하는 경우도 있다. 천하가 모두 주나라를 새로운 천자의 나라로 섬기게 되었음에도 백이와 숙제는 그것을 부끄럽게 여겼고, 모든 풀과 나무가 가을이면 시들어 떨어짐에도 소나무와 잣나무는 여전히 푸른 것이 바로 그런 경우이다. 그렇지만 우임금도 방문하는 나라의 풍속에 따라 아랫도리를 벗으셨고, 공자도 사냥한 짐승을 서로 견주는 노나라 관례를 따르시지 않았던가! 성인聖人도 모두가 함께하는 것을 위배할 수는 없었던 것이다.

그렇다면 많은 사람이 하는 대로 따르기만 하면 되는 것인가? 아니다! 이치를 따라야 한다. 이치는 어디에 있는가? 마음에 있다. 무슨 일이든지 반드시 자기 마음에 물어보라. 마음에 거리낌이 없으면 이치가 허락한 것이니 행하고, 마음에 거리낌이 있으면 이치가 허락하지 않은 것이니 그만둔다. 이렇게만 한다면 무엇을 따르든 모두 올바르게 되어 하늘의 법칙에 절로 부합할 것이며, 어떤 상황에서든 한결같이 마음만 따르면 운명과 귀신도 모두 그 뒤를 따르게 될 것이다.

風東與東, 風西與西, 世靡然矣, 惡而欲避之? 行而影隨, 呼而響隨, 是又在我, 何以得避? 其將黙坐以從己耶? 无是理焉. 且何不上古衣冠·中華言語, 隨時制也, 隨國俗耶? 此衆星隨天·萬川隨地之義. 雖然, 亦有不隨造化自立性命者, 天下從周而夷齊恥, 百卉零秋而松栢靑, 是也. 噫! 禹解下裳, 孔從獵較, 大同處不可違也. 然則惟從衆歟? 否! 當從理. 理何在? 在心. 凡事必問之心. 心安, 則理所許也, 爲之; 不安, 則所不許也, 已之. 如是則所隨者正而自合天則, 壹隨心而氣數鬼神皆隨之矣.

_ 隨廬記

—

어떤 이가 '따르며 살리라'는 지향을 담아 자신의 집에 '수려'隨廬라는 이름을 붙였다. 이 사람, 뭔가 자신의 의지와 이상대로 살아 보려 세상의 흐름에 맞서다가 철저한 좌절을 겪은 것일까? 한겨울에도 독야청청한 소나무·잣나무와 같이 세속의 흐름을 따르지 않고 백이·숙제처럼 절조를 지키는 삶을 숭상하던 시대에, '따름'을 지향으로 삼았다는 것 자체가 자조自嘲로 읽힌다.

그런데 그를 위해 기문을 지어 준 혜환은 바람이 부는 대로 쏠릴 수밖에 없는 풀, 몸이 움직이고 말하는 대로 따를 수밖에 없는 그림자와 메아리를 들어서, 따르며 사는 것이 나쁜 것이 아니고 자연스러운 것일뿐더러 불가피한 일이라고 했다. 심지어 성인으로 추앙 받는 우임금이나 공자 역시도, 보편적인 예에 어긋나더라도 그 지역의 문화 관습을 따랐다. 혜환이 이처럼 '따름'을 정당화하는 이유가 무엇일까? 그토록 주체主體로서의 삶을 강조한 그가 아니었던가?

무언가를 따르며 사는가, 그렇지 않고 나의 소신대로 사는가는 누구나 고민하는 문제다. 그러나 혜환이 보기에 정작 관건은 무언가를 따랐는지 따르지 않았는지, 혹은 이것을 따랐는지 저것을 따랐는지에 있지 않다. 그런 면에서 우임금과 공자의 사례는 단순히 '따름'의 불가피성만을 대변하는 것이 아니다. 대단한 지조를 지킨다며 자신은 세속을 따르지 않고도 살 수 있는 양 홀로 고귀한 척하는 이들의 허를 찌르고, 자신이 절대적이고 보편적인 진리를 잡고 있기라도 한 것처럼 이건 따라야 하고 저건 안 된다며 목소리를 높이는 이들의 입을 틀어막는, 권위 있는 양날의 검이다.

그렇다면 혜환이 말하는 '따름'이란 무엇인가? 중요한 것은 '따름'의 대상이 아니라 그 기준이 자신의 마음인가 그렇지 않은가에 달려 있다. 어째서 상고 시대만이 이상이고 중국 것만이 보편인가? 지금, 여기를 따르는 것이 뭐 그리 잘못되고 부끄러운 일이란 말인가? 자신의 마음을 '따름'의 기준으로 삼았다면 지조를 지킨 백이·숙제만 떳떳한 것이 아니라 아랫도리를 벗은 우임금도 떳떳한 것이다. 하여, 자신의 마음에 떳떳하기만 하다면 무엇을 따르든지 거리낄 것이 없고 어떤 운명이 닥치든 의연할 수 있다. 여기에 혜환이 말하는 '따름'이 자조를 넘어 주체로 나아가는 역설이 있다. 大

내 집에 세 들어 사는 나

나와 남을 놓고 보면, 나는 친하고 남은 소원하다. 나와 사물을 놓고 보면 나는 귀하고 사물은 천하다. 그런데도 세상에서는 도리어 친한 것이 소원한 것의 명령을 듣고, 귀한 것이 천한 것에게 부려지는 것은 무엇 때문인가? 욕망이 그 밝음을 가리고, 습관이 참됨을 어지럽히기 때문이다. 이에 온갖 감정과 여러 행동이 모두 남들을 따라만 하고 스스로 주인이 되지 못한다. 심한 경우에는 말하고 웃는 것이나 얼굴 표정까지도 저들의 노리갯감으로 바치며, 정신과 사고와 땀구멍과 뼈마디 하나도 나에게 속한 것이 없게 되니, 부끄러운 일이다.

내 친구 이李 처사는 예스러운 모습과 마음을 가졌으며 자신과 상대방을 구별하지 않고 겉치레하지도 않는다. 하지만 마음에는 지키는 것이 있어서 평생 남에게 구해 본 적도 없고 좋아하는 사물도 없었다. 오직 부자父子가 서로를 지기知己로 삼아 위로하고 격려하며 부지런히 일하여 제 힘으로 먹고 살 따름이었다. 처사는 손수 심은 나무가 수백에서 천 그루에 이르는데, 그 뿌리·줄기·가지·잎은 한 치 한 자를 모두 아침저녁으로 물주고 북돋아서 기른 것이다. 나무가 다 자라서 봄이면 꽃을 얻고 여름이면 그늘을 얻으며 가을이면 열매를 얻으니, 처사의 즐거움을 알 만하다. 처사가 또 동산에서 목재를 가져다 작은 암자 한 채를 짓고 편액을 아암我菴(나의 집)이라고 달았으니, 사람이 날마다 하는 행위가 모두 나에게 연유한다는 것을 보인 것이다. 저 일체의 영화·권세·부귀·공명은 나의 천륜이 단란하게 즐김과 본업에 갖은 힘을 다 쓰는 것과 견주어 외적인 것으로 여겼다. 단지 외적인 것으로 여길 뿐만이 아니었으니, 처사는 선택할 바를 안 것이다. 훗날 내가 처사를 찾아가 아암 앞의 늙은 나무 밑에 함께 앉게 되면 마땅히 다시 "남과 나는 평등하며 만물은 하나의 몸이다"라는 뜻을 이야기 나눌 것이다.

我對人, 我親而人疎, 我對物, 我貴而物賤. 世反以親者聽於疎者, 貴者役於賤者何? 欲蔽其明, 習汨其眞也. 於是有好惡喜怒·行止俯仰, 皆有所隨而不能自主者. 甚或言笑面貌, 以供彼之玩戲, 而精神意思, 毛孔骨節, 無一屬我者, 可恥也已. 吾友李處士, 古貌古心, 不設畦畛, 不修邊幅. 而中有守, 平生未嘗干人, 於物亦無所好. 惟父子相爲知己, 慰勉勤勞, 自食其力而已. 處士手所種樹, 數百千株, 其根幹枝葉, 寸寸尺尺, 皆朝朝暮暮, 灌培長養者也. 樹成, 春得其花, 夏得其陰, 秋得其實, 而處士樂可知也. 處士又取材於園, 結一小菴顔之曰我, 示人之日用事爲皆由己也. 彼一切榮華勢利富貴功名, 以較我之天倫團歡戮力本業外之. 不啻外也, 處士知所擇矣. 他日我訪處士, 共坐菴前老樹之下, 當更講人我平等, 萬物一體之旨矣. _ 我菴記

—

　　　　　　　　　　'나의 집'(我菴). 도발적이다. 내 집이라니 그
럼 제 집이 아닌 집도 있던가. 너무도 익숙하게 자신이 주인이라고 믿었던
집에 대한 고정관념을 단숨에 허물어 보인다. 내가 내 집에 살고 있기는 하
지만 그 집의 주인이 아닐 수도 있다는 물음을 함께 던져 준다.

그는 나와 남에 대해 말했다. 나는 나와 가장 친하고 귀한 존재이다. 그럼에
도 남에게 보이기 위한 나, 남과 같아지기 위한 나만 존재한다. 그도 아니
면 남들과는 무작정 달라야 한다는 강박관념에 빠져 자신을 그르친다. 이탁
오李卓吾는 "나이 오십 이전에 나는 정말 한 마리 개와 같았다. 앞의 개가 그
림자를 보고 짖어대자 나도 따라 짖어댄 것일 뿐, 왜 그렇게 짖어댔는지 까
닭을 묻는다면, 그저 벙어리처럼 아무 말 없이 웃을 뿐이었다"라 말했다. 나
라고 믿는 것은 내가 아닐 수도 있으며, 내가 믿고 싶은 나에 불과할 때도 있
다. 그렇게 자신도 모른 채 남들에 기대 한평생을 산다. 그런 의미에서 참다
운 나를 찾는 일, 나답게 사는 일이야말로 어떤 일보다 중요하다.

아암의 주인인 이 처사는 어떤 사람인가? 그는 나무나 기르면서 큰 욕심을
부리지 않는 사람이었다. 남을 꺾어 보겠다는 생각이나 남같이 되어 보겠다
는 마음도 없었다. 무엇인가 푹 빠질 만큼 좋아하는 물건이 있는 것도 아니
었다. 어떻게 보면 시답지 않은 삶일 수도 있지만, 혜환은 그의 삶을 긍정한
다. 인간이 불행한 것은 자신이 얼마나 많이 가지고 있는지 깨닫지 못하고,
없는 것만을 욕망하기 때문이다. 영화, 권세, 부귀, 공명은 내가 주인이 되기
보다, 남들이 기리는 나에 무게중심이 가 있다. 천륜에 즐거워하며, 내 일에
힘을 쓰는 것은 일견 대단해 보이지는 않지만 나다운 삶이다.

마지막으로 '남과 나는 평등하다'와 '만물은 하나의 몸이다'라는 화두를 제시한다. 사실 두 개의 말처럼 보이지만 만물일체라는 한마디로 귀결된다. 나와 너를 분별하는 마음에서 번뇌와 다툼이 생긴다. 그러니 모든 것이 하나나 다를 바 없다는 데 생각이 미치면 호승심好勝心이 사라진다. 또, 자연스레 타인의 고통을 이해하고 동지애마저 싹튼다. 분별과 구별이 사라진 곳에서 나 자신을 찾을 길이 나타나며, 모든 것이 나에 대한 문제로 돌아온다. 나답게 살면 그뿐이다. 누가 기림을 주건 헐뜯건 다만 그들이 보는 나일 뿐이다. 내가 한평생 내 삶이라 믿은 것들이 고작 남들의 삶과 한 치도 다를 바 없다면 나는 이 세상에 태어나 살았던 것일까? 살지 않았던 것일까? 朴

나에게 돌아가기

나 그 옛날 첫 모습은
순수한 천리 그대로였는데,
지각이 하나둘 생기면서부터
해치는 것들 마구 일어났네.

뭐 좀 안다는 식견이 천리를 해치고
남다른 재능도 해가 되었지.
타성에 젖고 인간사에 닳고 닳아
갈수록 그 속박을 풀기 어렵네.

게다가 다른 사람 떠받드는 이들이
아무개 어른, 아무개 공 해 가면서,
대단하게 끌어대고 치켜세워 주니
몽매한 이들을 꽤나 놀라게 했지.

옛 나를 잃어버리고 나자
참 나 또한 숨어 버리고,
일을 위해 만든 일들이
나를 타고 내달려 돌아올 줄 모르네.

오래 떠나 있다가 돌아갈 마음 일어나니
마치 꿈 깨자 해 솟아오르듯.
몸 한번 휙 돌이켜 보니
벌써 집에 돌아와 있구나.

주변의 광경은 달라진 것 없는데
몸의 기운 맑고 평화롭도다.
차꼬를 풀고 형틀에서 벗어나니
나 오늘 새로 태어난 듯!

눈 더 밝아진 것 아니고
귀 더 밝아진 것도 아니라,
하늘이 내린 밝은 눈 밝은 귀가
옛날과 같아졌을 뿐이로다.

수많은 성인이란 지나가는 그림자일 뿐
나는 나에게 돌아가기를 구하리라.

갓난아기나 어른이나
그 마음은 하나인 것을.

돌아와 보니 새롭고 특이한 것 없어
다른 생각으로 내달리기 쉽지만,
만약 다시금 떠난다면
영원토록 돌아올 길 없으리.

분향하고 머리 조아려
천지신명께 맹세하노라.
이 한 몸 다 마치도록
나는 나와 함께 살아가겠노라고.

昔我之初　純然天理　逮其有知　害者紛起
見識爲害　才能爲害　習心習事　輾轉難解
復奉別人　某氏某公　援引藉重　以驚羣蒙
故我旣失　眞我又隱　有用事者　乘我未返
久離思歸　夢覺日出　翻然轉身　已還于室
光景依舊　體氣淸平　發鎖脫機　今日如生
目不加明　耳不加聰　天明天聰　只與故同
千聖過影　我求還我　赤子大人　其心一也
還無新奇　別念易馳　若復離次　永無還期

焚香稽首 盟神誓天 庶幾終身 與我周旋

_ 還我箴

—

　　　　　　　　　하루하루의 삶을 돌이켜 본다. 무엇을 하며 누구를 만나고 어디에 시간을 썼는가. 그 가운데 '참 나'를 위한 것이 얼마나 있었던가. '남이 보는 나', '남이 이렇게 봐 주었으면 하는 나', '남들과는 뭔가 다르고 영향력 있는 나'를 만들기 위해 연연하다가 정작 '참 나'는 어디로 숨어 버렸는지, '참 나'가 과연 무엇이었는지 모르는 지경에 이르렀다. 어느 순간 분주함과 공허함만이 밀려오는 것을 느끼며 이게 아닌데 하면서도, 이미 타성에 빠져들어 헤어날 길 없어 보인다. 너무 멀리 와 버린 건 아닐까…….

갓난아기를 본다. 이 맑고 평화로운 기운. 보이는 대로 보고 들리는 대로 듣는다. 그저 자신의 생리에 충실할 뿐이다. 그렇기에 자연스럽고, 아무 것에도 얽매이지 않았다. 모든 사람에게 주어졌다는 천리가 바로 이런 게 아닐까? 마음에 깃든 천리는 갓난아기나 어른이나 다를 게 없을 텐데, 나의 마음은 혼탁하고 분주하기 짝이 없다. 어디서부터 잘못되었을까?

뭔가 안다고 생각하면서 떠벌인 말, 남들보다 조금 잘한다고 내심 뻐기며 드러내곤 하던 재주들, 그리고 그걸 떠받들어 주는 사람들의 칭송에 나름 우쭐해서 벌인 많은 일들. 어느새 '참 나'는 없어지고 그 대단한 일들이 껍데기만 남은 내 위에 올라타고 끝없이 뭔가를 향해 내달리고만 있는 형국!

그래, 이건, 꿈이야, 하고 생각하는 순간, 그렇게 멀리 와 버린 듯했던 그 자리가 바로 나 처음 살던 집으로 바뀐다. 몸 한번 돌리자 새로운 세계가 열린 것이다. 아무 것도 달라진 게 없지만, 실은 모든 게 달라졌다. 내가 바뀌었기 때문이다. 더 이상 나를 속박하는 것은 아무 것도 없다. 훌륭한 삶을 살았다는 성인들 역시, 이젠 '참 나'로 돌아가기를 방해하는 그림자에 불과함을 안다. 나에게 돌아옴으로써 새롭게 태어난 나! 이제 다시는 나를 떠나지 않겠다. 저기 저곳에 뭔가 새로운 것, 특이한 것이 있지 않을까 하는 달콤한 기대 따위에 다시 속는 일은 없을 것이다. 그저 돌아온 나와 함께, 내가 주인 되는 삶을 살아가리라. 大

이 글 「환아잠」還我箴에는 신득령申得寧을 위해 지은 글이라는 주석이 달려 있다. 이용휴의 아들 이가환이 지은 「환아소전」還我小傳의 대상 인물인 신의측申矣測과 동일 인물로 추정되나 미상이다.

우리 삶에 허락된 시간들을 위하여

예전에 내가 수서壽序를 지어 준 사람들은 모두 선배들이었고, 중간에는 동년배들이더니, 지금은 나를 따르며 형님 대접하는 사람도 있다. 그런데 홍문백洪文伯(홍주만洪周萬, 1718~?)은 나보다 열 살이나 젊은 사람이다.

문백이 우리 집안의 사위가 되었을 때를 떠올려 보면 그야말로 미소년이었는데, 지금은 백발을 드리우고 노인이라 불린다. 비유하자면 사람이 배 안에 있으면서 물결을 따라 흘러 떠내려가노라면 자기가 멀리 왔다는 것은 깨닫지 못하고 오직 보이는 것이 다르다는 것만을 기억하는 것과 같다.

장수長壽는 조물주가 가장 중하게 여기는 것이다. 그런데 나무와 돌에게도 장수를 허락하고 물고기와 조개에게도 장수를 허락하면서 오직 사람에게만은 장수를 쉽사리 허락하지 않는 것은 왜일까? 나무와 돌은 스스로 장수를 누릴 뿐 아무런 일에도 관여하지 않으며, 물고기와 조개는 장수를 누릴수록 신령함이 더해진다. 그런데 사람만은 그렇지 않아서, 육신이 쇠퇴하면 의식이 어두워지기 십상이라 일을 망치고 덕을 그르치는 경우도 있다. 이 때문에 조물주가 사람에게 장수 허락하기를 아끼는 것이다.

그러니 사람이 다행히도 조물주가 아끼는 것을 얻는다면 마땅히 부지런히 또 부지런히 힘써 자신을 수양하여 진보하기를 구해야 할 것이다. 그 힘쓰기를 날마다 수시로 해야지, 지극한 보배를 헛되이 던져두고 허송세월해서는 안 된다. 더구나 문백은 조정에서 벼슬살이를 하여 헌납獻納의 관직에 있으니, 진실로 그 이름에 걸맞게 한다면 세도世道를 돕고 나라의 맥을 연장시킬 수 있어서 기여하는 바가 멀리까지 이를 것이다. 따라서 그는 다른 사람의 하루보다 몇 배나 더한 하루를 사는 셈이니, 그렇다면 문백의 수명은 또 그 길이를 헤아릴 수 없는 것이다.

余昔年爲文壽人者, 皆前輩, 中則等儕, 今或肩隨我兄事我者, 而洪君文伯, 卽少我十年者也. 憶文伯之婚我家也, 一美少年, 今垂白稱耆, 譬如人在舟中, 隨流而遷, 不覺其遠, 惟記所見之有異也. 夫壽者, 造物之所最重者, 而乃予木石焉, 予鱗介焉. 獨於人不輕予者何? 木石自壽而已, 不與於事, 鱗介壽而能益其神焉. 惟人不然, 氣血衰則識易昏, 或有害事而敗德者. 故慳之. 人若幸而得其所慳者, 則當勉勉孜孜, 勤修而求進矣. 然其所用力者, 在隨時隨日, 不可虛擲至寶以爲玩愒也. 矧文伯, 仕於朝, 官獻納, 若實稱其名, 則可以扶世道而延國脉, 所及者遠, 其一日加於人之日幾倍, 然則文伯之壽, 又未可量也. _洪獻納文伯壽序

—

         우리 삶에 주어진 시간의 길이가 얼마나 되면 만족할 수 있을까? 나이 오십도 안 되어 탄로가嘆老歌를 부르고 환갑날이 가장 큰 잔칫날이던 시절에 비하면, 인간의 수명은 참 길어졌다. '인생칠십고래희'人生七十古來稀라 하여 예부터 드물었다는 것이 일흔의 나이라지만 요즘의 70대는 여전히 왕성하게 활동하는 연령이다. 2020년에는 평균수명이 90세를 넘을 것이라고 하니, 사고사 등을 제외하면 웬만한 사람들이 100세까지는 살 수 있으리라는 추측이 가능하다. 이미 발 빠른 금융사에서는 100세 만기 보험을 내놓고 있을 정도다.

전통시대 한자문화권에는 수서壽序라는 형식의 글이 있었다. 환갑이나 고희 등을 맞은 지인에게 장수를 축하하고 기원하는 마음을 담아 선사하는 글이다. 주고받는 본인들에게는 참 의미 있는 글이었겠으나, 지금 읽어 보면 의례적이고 천편일률적인 립 서비스로 채워진 글들이 대부분이다. 그래서 그 시대에도 수서를 지나치게 많이 짓는 것을 경계하는 시각이 있어 왔다.

혜환의 이 글 역시 수서다. 그런데 장수를 축하하는 내용도, 오래오래 살기를 기원하는 내용도 없다. 자신보다 10년이나 젊은 사람을 위해 수서를 지어 주면서, 기억 저편으로 흘러가 버린 시간들에 대한 진한 감상을 드러내는 것으로 시작한다. 이 수서의 주인공, 혜환에게는 한창 나이에 사돈댁에 인사드리러 왔던 소년의 모습으로 남아 있다. 그 미소년이 백발노인이 되는 동안, 그 변화를 지켜본 자신은 어떠한가? 배를 타고 가다 보면, 눈앞의 풍경이 달라지는 것만을 볼 뿐 정작 자신이 얼마나 멀리 떠내려왔는지는 미처 생각지 못하는 게 우리들이다. 인생 또한 이와 같다. 눈앞의 상황들에 일희일비하는 사이, 어느새 나에게 주어진 삶의 시간들은 저만치 뒤켠으로 흘러가 있다.

만물의 영장인 사람에게 조물주가 가장 소중히 여긴다는 장수의 복을 듬뿍 듬뿍 주면 좋으련만, 조물주는 미물에게도 허락하는 장수를 유독 사람에게는 이상하리만치 아낀다. 왜 그럴까? 나이가 들수록 더욱 진보하고 성숙하는 사람보다는 오히려 기력이 떨어지고 의식이 흐릿해짐에 따라 그나마 이루어 온 것을 다 망쳐 버리고 남을 힘들게 하는 경우가 많기 때문이다. 결국 중요한 건, 우리 삶에 주어진 시간의 길이가 아니라 그 길이만큼 끊임없이 자신을 새롭게 할 수 있는가에 있다. 진보가 없으면 퇴보와 망신이 있을 뿐이다. 그런 삶에 시간이 더해지는 것은 복이 아니라 재앙이다. 이제 좋든 싫든 '100년의 삶'을 살아가야 할 우리가 경청해야 할 대목이 아닐 수 없다.

또 하나, 시간의 길이는 일률적으로 잴 수 있는 것이 아니다. 많은 이들에게 기여하는 사람의 하루는 자신만을 위해 사는 사람의 하루보다 몇 배나 긴 것이다. 물리적인 시간이 아니라 효용 가치로서의 시간이 긴 것이 진정한 장수다. 이것이야말로 축수의 날을 맞은 노인에게 할 수 있는 최고의 권면이자 축복이다. 그리고 이는 열 살 더 많은 노인 자신을 향한 말이기도 할 것이다. 눈앞의 일들에 얽매여 분주한 시간을 근근이 연장해 가고 있는 오늘 우리에게도 혜환은 또렷한 목소리로 말을 건넨다. 눈을 들어 자네 삶에 주어진 시간의 의미를 한번 다시 바라보게. 남은 시간들마저 떠나보낸 시간들과 같아서야 되겠는가? 🅺

자네와 한 시대를 산 것만으로도 행복이었네

허연객許烟客은 이름이 필佖이고 자는 여정汝正이며 공암孔巖의 세가世家 출신이다. 연객은 외모가 잘나지는 못했지만 기품과 언행에 여유가 있다. 성품은 온화하면서도 분명하고, 소탈하면서도 꼿꼿하다. 남과 대화할 때면 그 음성과 기풍이 모두에게 즐거움을 주어서, 그를 좋아하지 않는 이가 없다. 그의 형은 이름이 일佾이고 자는 자상子象인데, 서로 의기가 일치하여 한 몸처럼 지낸다. 다만 자상은 『주역』 읽기를 좋아하고 연객은 시 읊기를 즐기니, 이것이 다른 점이다. 또 연객은 재주가 많아서 전서篆書와 예서隷書를 잘 쓰고 사황史皇의 여섯 가지 화법畵法에 통달했다. 그러나 글씨와 그림을 끝까지 배우려 하지 않으면서 이렇게 말하곤 한다. "이것이 사람을 종처럼 부리니, 괜히 나만 수고롭게 만들 뿐이지."

집이 가난하여 쌀독이 텅 비는 일이 잦은데도 연객은 늘 태연하다. 그런데 어쩌다가 고풍스러운 물건이나 훌륭한 칼 같은 것을 보면 즉석에서 입고 있던 옷을 벗어 그것과 바꾼다. 남들이 세상 물정 모른다고 비웃으면 그는 이렇게 대꾸한다. "나 같은 사람이라도 물정을 몰라야

지, 그렇지 않으면 세상에 누가 물정 모르는 사람이 되겠소?"

연객의 집 뜰에는 오래된 녹나무가 서 있고, 섬돌에는 예쁜 국화를 줄지어 심어 두었다. 그는 그 사이를 소요하며 세상사는 묻지 않으면서 늘 이렇게 말하곤 했다. "내가 밖으로 다니면서 집안일을 돌보지 않는 것은 아내 김 씨가 있기 때문이고, 집안에 있으면서 바깥일을 돌보지 않는 것은 아들 점霑이 있기 때문이지." 아내가 죽은 뒤로 그는 다시 결혼하지 않았고, 가업을 아들에게 다 맡겼다.

연객은 숙종 연간 기축년(1709)에 태어나 스물일곱에 진사가 되었고, 올해 나이 쉰셋이다. 어느 날 갑자기 연객이 나에게 말했다.

"내가 자네와 같은 시대를 살고 또 자네와 친하게 지낸다는 게 얼마나 다행스러운 일인가. 언젠가 내가 죽으면 내 아들 녀석이 내 묘지명써 달라고 자네를 번거롭게 할 게 뻔하지 않나. 저승에서 자네를 번거롭게 하는 것보다야 이승에서 자네를 번거롭게 하는 게 더 낫지 않겠는가?"

내가 그 뜻에 감동하여 묘지명을 지어 준다. 명銘은 다음과 같다.

여름 지나고 나면 점차 음에 속하게 되고
정오 지나고 나면 점차 저녁에 속하게 되며
중년 지나고 나면 점차 죽음에 속하게 되지.
연객이 이를 알아 미리 죽음을 준비하는구나.
내가 연객에게 고하노니,
통달한 듯 통달하지 못하여 여전히 앎에 매여 있구나.

가고 오는 예와 지금이 그대의 나이요,

아름다운 산 좋은 물이 그대의 거처요,

남은 치아와 머리카락이 그대의 식구요,

슬픔과 기쁨, 행복과 불행이 그대의 이력일세.

이용휴가 명을 짓고 강세황이 글씨 쓰니

그대는 죽어도 죽지 않음이로다.

許烟客名佖, 汝正其字. 孔巖世家也. 烟客少淸姸, 饒姿止, 性和而辨, 易
而立. 與人談諧, 聲氣可樂, 人無勿善之也. 與其兄侐子象, 同氣味, 若一
身也. 然子象好讀易, 烟客喜吟詩, 此其異也. 又多藝, 善篆隸, 兼通史皇
六法, 然不竟其學, 曰:"是人役, 徒勞我耳." 家貧屢空, 而有泰色. 或遇
古器若良劒, 卽解衣易之. 人笑其迂, 曰:"我不迂, 誰當迂者?" 庭有古
楠, 階列佳菊, 逍遙其間, 不問世事. 常曰:"吾外不內顧者, 爲有妻金也;
內不外顧者, 爲有子霑也." 妻亡不再耦, 盡以家屬霑. 烟客以明陵己丑
生, 二十七成進士, 今年五十三. 忽謂余曰:"吾幸與子幷世, 而又善子,
我死, 霑必以幽累子, 如其死而幽累子, 曷若生而明累子?" 余感其意, 遂
誌而詔之. 銘曰:"自夏而后, 漸屬之陰; 自午而后, 漸屬之暮; 自中身而
后, 漸屬之幽. 烟客知之, 豫爲之謀. 余告烟客, 似達未達, 猶爲識累. 往
古來今, 子之年也; 佳山好水, 子之居也; 含齒戴髮, 子之眷也; 悲懽否
泰, 子之歷履也; 李氏爲之銘而姜氏書之, 是子之不死也." _許烟客生誌銘

—

        여기 참 대책 없는 사람이 있다. 밖에만 나가면 집안일은 도통 돌보지 않고, 집에만 있으면 세상이 어찌 돌아가든 아무 관심이 없다. 집이 가난해서 당장 식구들이 먹을 쌀도 떨어지기 일쑤인데, 어디서 고색창연한 물건만 보면 입고 있던 옷을 벗어 주기까지 하면서 사다 나른다. 사대부로 태어나 과거에도 합격했건만 그걸로 그만이고, 작은 벼슬 하나 구할 주변머리마저 없다. 손재주가 기가 막혀서 글씨와 그림으로 세상에 이름이 났는데 그마저도 자신을 얽어맨다며 잘 하려 들지 않는다. 집안일이고 바깥일이고 손 하나 까딱하려 하지 않으니 가족들에겐 그야말로 민폐다. 세상 물정 모르고 제 하고 싶은 대로 산다는 손가락질이나 받기 딱 좋다.

여기 참 매력 있는 사람이 있다. 외모가 그다지 준수하진 않지만 어느 자리에 있든지 말 한마디, 동작 하나에서조차 뭔지 모를 여유가 느껴진다. 남과 예리한 각을 세우지 않으면서도 할 말은 분명히 하고, 소탈하여 남을 편하게 대하면서도 지킬 것은 확실히 지킨다. 특히 그가 입을 열어 말을 할 때면 그 유머 넘치는 언변에 다들 빠져들어서 사랑하지 않을 수 없게 만든다. 게다가 이 사람, 시도 잘 짓고 글씨도 잘 쓸뿐더러 놀라운 그림 솜씨를 지녔다. 그렇지만 재주를 내세우지 않고 거기에 얽매이지도 않는다. 아무리 가난해도 구차해지지 않으며 오히려 고풍스러운 멋을 즐길 줄 안다. 늦지 않은 나이에 과거에 합격하여 실력을 인정받았지만, 다들 꿈꾸고 달려가는 출세 길에서는 저만치 비켜서서 초연하다. 그저 작은 마당의 녹나무와 국화 사이를 천천히 거니는 자유를 누릴 뿐이다.

이 대책 없고 매력적인 사람이 나에게 말한다. 참 행복하다고. 그대와 같은 시대를 살아서, 그대를 친구로 삼을 수 있어서……. 그러곤 엉뚱한 부탁을 해 온다. 살아 있는 자신을 위한 묘지명을 써 달라고. 나 죽으면 어차피 쓸 거, 살아 있을 때 미리 써 달라고. 내 나이 벌써 오십대, 이젠 죽음으로 더 가까이 가고 있는 셈이니 안 될 게 무어냐고.

나 역시 참 행복하다. 이런 친구가 있어서, 죽음마저 넉넉하게 예비할 줄 아는 영혼을 만날 수 있어서……. 그렇지만, 나도 이 친구에게 해 줄 말이 있다. 죽음을 알고 준비하는 것 역시 결국은 삶과 죽음을 가르는 일! 생각해 보면 우리의 나이라는 것, 거처라는 것은 그저 살아오며 생긴 것일 뿐이지. 이젠 몇 안 남은 치아며 그나마 아직 머리를 덮고 있는 머리카락만이 온전한 나의 식구이고, 살면서 겪어 온 그 많은 사연들이 그대로 나의 이력일 따름이네. 그러고 보면 삶에 대단한 의미를 부여할 일도, 죽음을 미리 알고 준비할 일도 없지 않은가. 그리고 하나 더 기억해 두시게. 이 이용휴가 묘지명의 글을 짓고 천하의 강세황이 그 글씨를 썼으니, 자넨 죽어도 죽는 게 아니라는 사실을! 하하하. ⊛

허연객은 조선 영조 때의 학자이자 서화가인 허필許佖(1708~1768)이다. 연객烟客 외에 초선草禪·구도舊濤라는 호도 썼다. 진사시에 합격한 뒤 학문에만 열중했고, 시·글씨·그림에 모두 능하여 삼절三絶이라 불렸다. 저서에 『선사창수록』仙槎唱酬錄, 『연객유고』烟客遺稿 등이 있다. 이 글은 그의 '생지명'生誌銘이다. 생지명은 살아있는 사람을 대상으로 하는 묘지명이다. 이 시기 혜환 주변의 인물들을 중심으로 서로 생지명을 써 주거나 자신의 생지명을 쓰는 일이 유행했다. 공암孔巖은 지금의 서울시 양천구다. 양천 허씨가 고려 태조 왕건을 도운 공으로 공암을 식읍食邑으로 하사받았기 때문에 세가世家라고 한 것이다. 사황史皇은 곧 창힐蒼頡이다. 여섯 가지 화법은 기운생동氣韻生動, 골법용필骨法用筆, 응물사형應物寫形, 수류전채隨類傳彩, 경영위치經營位置, 전모이사傳模移寫를 말한다.

끝내 지켜지지 않은 술 약속

아! 형님의 집은 황폐한 사당과 같아서 가릴 만한 담과 벽도 없었으니, 이 사람이 일찍이 좋은 집에서 자라서 화살을 피하듯 바람을 피하며 살았다는 것을 그 누가 알겠습니까? 형님의 모습은 초췌하고 마른 것이 포와 같았으니, 이 사람이 젊은 날에 피부가 눈처럼 희어서 누군들 돌아보게 했다는 것을 그 누가 알겠습니까? 형님의 이름은 한 번도 유사有司의 천거에 못 올랐으니 이 사람이 여러 책들을 두루 보고 과거 답안에 공을 쏟았다는 것을 그 누가 알겠습니까? 다만 너그러운 성품과 온순한 덕성은 늘 조금도 달라지지 않았으니 사람들이 모두 그 점을 알고 있기는 했지만 그렇다고 형님을 다 안다고 할 수는 없습니다. 아! 천하의 곤궁함이 형님에 이르러서 거의 극에 달했습니다.

오직 형님 집에는 아들 둘이 있으니 맏이는 공부를 잘하고, 막내는 자질이 뛰어납니다. 조물주가 형님을 완전히 저버릴 수 없던 모양입니다. 선행을 한 사람이 그래도 믿을 구석이 있다고 하겠습니다.

아! 아우가 형을 곡하는 것이 순리이기는 합니다. 그러나 형님의 나이가 중년도 못 되어서 돌아가셨으니 요절이라 말할 수 있습니다.

또 닭을 잡고 술을 사서 서성西城(서울)에서 섣달그믐 밤을 새우며 수세守歲하자는 약속이 지켜지지 못했습니다. 그래서 닭과 술은 도리어 오늘 제사상에 오르고 말았으니 어찌 애통하지 않겠습니까? 다른 구구한 아녀자의 슬픔과 같은 것은 제가 말할 수 없는 것이고 형님도 듣고 싶어 하지 않으실 것이니 그만두겠습니다.

嗚呼! 兄之屋廬, 如荒祠, 無墻壁障蔽, 誰知其曾長於曲房深閤, 避風如箭也? 兄之容貌, 憔悴戌削如臘, 誰知其少日肌膚玉雪, 顧眄動人也? 兄之姓名, 一不登於有司之薦, 誰知其淹博羣書, 而工於程文也? 第其樂易之性, 溫恭之德, 則未嘗有異於前後, 而人皆知之, 亦未能盡知者也. 嗚呼! 天下之窮, 盖至兄而殆極矣. 惟其家有二子, 伯能文學, 季亦佳妙. 此造物者之所以不能全負於兄, 而爲善者之所以猶有恃也. 嗚呼! 以弟哭兄, 於理順也. 然兄年未及中身, 稱夭矣. 且殺鷄沽酒, 守歲西城之約不成, 而所謂鷄酒者, 反爲今日几筵之奠, 寧不痛哉? 若他區區兒女之悲, 則弟之所不能說, 而亦兄之所不欲聞, 故不及也. _祭姨兄李公東俊文

—

　　　　　　　　사촌형은 고대광실 좋은 집에서 살았다. 그러한 집에 어울리는 귀공자 같은 용모여서 길 가던 사람들이 그대로 지나쳐 가지 못하고 돌아보곤 했다. 그러나 이 모든 것이 젊은 날의 기억이었다. 그 후에 깡마르고 초췌한 모습으로 귀신이 나올 것 같은 집에서 살았다. 그 누가 그 사람의 젊은 날을 상상할 수나 있을까. 화려한 젊은 날의 강렬한 기억만큼이나 초라한 중년은 더더욱 서글프기만 하다. 왕년往年이란 살아 있던 기억이지만 이미 죽어 버린 희망을 품고 있다. 게다가 과거 시험까지 실패의 연속이었다. 이쯤 되면 타고난 성품이 좋은 사람이라도 못난 모습을 보일 만한데 그는 언제나 사람 좋은 모습만 보였다.

그렇게 하는 일마다 풀리지 않던 그였지만 두 아들만큼은 또랑또랑했다. 그의 착한 성품 때문에 받은 복이었으니 착한 끝은 있는 법이다. 닭을 잡아 술을 마시자던 그 흔한 약속은 끝내 지켜지지 않았다. 함께 먹으려던 닭과 술이 제사 음식이 될 줄은 생각지도 못했다.

혜환은 자신만 기억하는 형의 모습을 온전히 그리고 싶었다. 모두 다 그를 안다고 떠벌리지만 그것만으로는 부족하다. 아무런 성취 없는 사람의 죽음은 쓸쓸하다. 사회적으로 아무도 기억하지 않는 죽음인 탓이다. 나마저 기억해 주지 않으면 정말로 그의 흔적들은 완전히 소멸할지도 모른다. 혜환은 있는 그대로의 형님 모습을 하나도 가감 없이 추억한다. 그의 제문이 갖는 탁월한 매력은 죽음으로 미화되지 않는 이러한 날것 그대로의 기억에 있다. ▦

한 염세주의자의 죽음

아무 해 아무 달 아무 날에 정수靖叟 노인이 죽어서 장사를 치르게 되었다. 일가의 아무개가 술잔을 들어 그를 마지막으로 보내며 말했다.

그대는 세상에 있을 때도 늘 세상을 싫어했지요. 이제 돌아가는 곳은 먹을거리와 입을거리를 마련할 일도 없고, 혼례나 상례의 절차 따위도 없으며, 또 손님을 맞는 일도 없고, 편지나 물건을 왕래하는 예법도 없으며, 세상의 차디찬 인심이나 옳다 그르다 따지는 소리도 없을 것입니다. 다만 맑은 바람과 밝은 달빛, 들꽃과 산새만이 있을 터이니, 이제부터는 항상 한가로울 수 있겠습니다. 그대가 이 말씀 들으신다면 내 마음을 아는구나 하며 고개를 끄덕이시겠지요. 흠향하시옵소서.

某年月日, 叟老人將大歸. 宗人某擧觴而送之曰: 公雖在世, 而常厭世. 今所歸處, 無衣食之營·婚喪之節·迎候拜揖·書牘問遺禮, 又無炎凉之態·是非之聲, 只有淸風明月·野花山鳥. 公可從此而長閒矣. 知心之言, 想應頷之. 尙饗. _祭靖叟文

—

　　　　　　　이 글은『혜환잡저』에는 빠져 있고, 여러 작가
들의 글을 선록選錄한『강천각소하록』江天閣銷夏錄에만 보인다. 통상 제문祭
文은 서두, 본문, 결어의 세 부분으로 구성된다. 서두에서는 제사의 날짜와
고인을 밝히고, 본문에서는 고인에 대한 칭송 또는 애도의 내용을 적으며,
결어에서는 몇 마디를 덧붙여 상향尚饗으로 마무리한다.

이 글은 87자로 혜환의 제문 중에서 가장 길이가 짧다. 그럼에도 불구하고
이 제문은 서두, 본문, 결어의 세 부분을 온전히 갖추고 있는데, 그의 제문
중 이러한 세 부분을 모두 가지고 있는 작품은 이 한 편뿐이다. 기존 제문의
형식을 따르기는 했으나, 이 제문에는 추도의 말이나 행적 따위는 싣지 않았
으며 내용 역시 상당히 파격적이다. 특유의 발랄한 상상력과 탁월한 발상으
로 제문의 상투성과 죽음의 엄숙함을 깨뜨리고 있다.

정수 노인이 누구인지는 구체적이지 않다. 자신을 종인宗人이라고 표현한
것으로 보아 일가 사람으로 보인다. 생전에 그는 세상에 잘 적응하지 못한
인물이었던 모양이다. 아마 호구糊口하기도 힘들었을 것이고, 남에게 인사
치레 하는 데도 익숙지 못했을 것이며, 혼탁한 세상살이에도 영악하게 대처
하지 못했을 것이다. 그러니 이 모든 것이 없는 저승에 돌아가서는 더 이상
사람들 틈에서 마음 끓이지 않고 한가롭게 지낼 수 있을 것이라 했다.

세상에 적응하지 못하고 그 언저리만 서성거리다 생을 마감한 사람을 보면
서 그는 무엇을 느꼈을까? 아마도 자신의 불우와 부적응을 스스로 위로하고
싶었는지도 모르겠다. 사람들은 종종 타인의 죽음에서 자신의 삶과 죽음을
동시에 읽곤 한다. 朴

귀에 거슬리는 말을 이제 어디서 들을 수 있을까

어르신의 인품을 개략이라도 그려 낼 수가 없습니다. 대단한 명성이 있는 사람이라도 뜻에 맞지 않으면 조금도 상종치 않으셨고, 엄청난 부귀를 누리는 사람이라도 도리에 어긋나면 자신을 굽히려 하지 않으셨지요. 그렇다고 딱딱하고 뻣뻣하여 대하기 어려운 분이었는가 하면 그렇지는 않으셨습니다. 오히려 까다롭지 않고 쾌활하게 툭 트이셨으며 남을 사랑하는 마음이 지나쳐서 웬만해선 의심하는 일이 없으셨지요. 다른 사람의 근심을 자기 일처럼 근심하시고 다른 사람의 다급함을 자신의 다급함으로 여기셨으며, 옳고 그름을 얼굴에 바로 드러내시어 상대가 강하다고 해서 슬쩍 물러서는 법이 없으셨습니다. 또, 제사를 공경스럽게 모시고 친척에게 정이 깊으셔서, 친척이 전염병에 걸렸을 때 직접 약을 먹이신 일이 한두 번이 아니었습니다. 저 구구하게 법도를 따르면서 자잘한 예절에 연연하는 사람들이 어찌 이런 일을 할 수 있겠습니까?

아! 죽음은 어르신이 피하신 것이 아니었고, 또 늙어서 천수를 누리고 죽는 것은 정상적인 이치입니다. 다만 어르신이 돌아가셨으니 이제는 귀에 거슬리는 말과 세상을 놀라게 하는 논의를 듣지 못하게 되었고, 제멋에 겨워 자족하는 자들이 감히 어르신에 대해서 왈가왈부할 것이니 이것이 슬플 뿐입니다. 아! 어르신께선 술을 워낙 좋아하셔서 술만 있으면 만취하곤 하셨지요. 오늘 바치는 이 술을 다시 드실 수 있을는지요?

翁之品, 不可以象窺. 雖大聲名, 不合意, 不少借焉; 大富貴, 不以道, 不肯下焉. 似若剛硬, 不可與處者, 然樂易通豁, 過仁少疑. 憂人之憂, 急人之急, 義形于色, 無所鯁避. 又敬祭祀, 敦親戚, 親戚病, 犯癘氣, 躬自藥餌者屢, 此豈區區修邊幅謹小禮者, 所可能哉? 噫! 死非翁所惡, 且老壽死, 理之常也. 但翁沒而不聞逆耳之言, 驚俗之論. 世之暖姝自喜者, 復敢議翁, 是可悲也. 嗚呼! 翁嘗好酒, 遇輒盡醉. 今日此酒, 能復飮否?

_栗翁祭文

—

        예스맨이 넘쳐나는 시대다. 성공하려면 인간관계를 어떻게 해야 하는지를 알려 주는 책들이 인기를 끈다. 출세를 위해선 줄을 잘 서야 하며 돈을 벌기 위해선 자신을 굽힐 줄 알아야 한다고들 한다. 분위기 파악 못하고 '아니오!'라고 말하는 사람, 다들 묵인하는 통념과 관례를 깨뜨리는 발언을 하는 사람은 많은 이들이 부담스러워한다. 도리에 좀 맞지 않는 면이 있어도 무리 없이 넘어가 줄 줄 아는 사람, 원칙에 좀 어긋나더라도 바로 얼굴에 드러내거나 따지지 않는 사람, 자신이 나온 학교, 자신이 속한 집단의 시각과 견해를 잘 따르는 사람에게 좀 더 밝은 미래가 보장되는 듯하다.

그런데 이 어르신, 깐깐하기가 이루 말할 수 없다. 자신과 뜻을 함께하지 않는 사람의 덕은 조금도 보려 하지 않고, 엄청난 부와 권력을 지닌 사람 앞에서도 그것 때문에 자신을 굽히는 법이 없다. 반드시 해야 할 말이라면 남들이 아무리 듣기 싫어해도 개의치 않고 하고야 마는, 불의를 보면 의분을 참지 못해서 그냥 넘어가지 못하고 기어이 부딪치는, 그런 성격이다. 그렇지만 이 어르신, 속정이 깊은 분이다. 자신의 뜻과 도리에 어긋난 실력자들을 평가하는 엄격한 잣대를 아무에게나 들이댄다면 주변 사람을 얼마나 힘들게 하겠는가. 그러나 오히려 이분의 단점은, 사람을 너무 사랑하고 의심할 줄 모른다는 점이다. 그 사랑 때문에 남의 아픔을 내 아픔으로 느끼고 심지어 생명의 위험에도 아랑곳하지 않고 전염병 걸린 친척들을 돌보았다. 예절의 근본은 사람을 사랑하는 것인데, 복식의 제도가 어떠니 접빈객의 절차가 어떠니 하는 것만 따지는 이들에게선 어느새 이 근본을 볼 수 없게 되었다. 그렇기에 이분의 말씀은 세상 사람들을 놀라게 하는 힘이 있었다.

개략이라도 그려 내기 어렵다고 한 율옹栗翁의 인품을, 혜환은 너무도 강렬하게 그려 냈다. 그리고 그렇게 그려 낸 율옹의 모습에 혜환 자신의 얼굴이 겹쳐 보인다. 그의 죽음을 슬퍼하는 것이 아니라 그의 부재로 인해 세상이 한층 더 속화되는 것을 슬퍼하는, 자기 출신과 지식을 믿고 그저 그런 세류에 몸을 맡긴 채 희희낙락하는 이들에게 진정 귀에 거슬리는 일갈을 기어코 던지고야 마는, 그런 혜환의 얼굴이…… 혜환마저 없는 오늘, 귀에 거슬리

는 말을 이제 어디서 들을 수 있을까? 未

율옹은 율원栗園 이함휴李咸休(1698~1770)이다. 이용휴는 율옹의 며느리를
칭송하는 「효부허씨찬」孝婦許氏贊을 남겼고, 이병휴에게 보낸 편지에서 그의
건강을 걱정하기도 했다.

마실 가듯 그렇게 가시게나

아! 처사處士가 죽자 세상은 말세가 되었고 풍속은 경박해졌다. 왜 그런가? 예스럽고 질박한 사람이 이제 없어졌기 때문이다.

처사는 60여 년을 살면서 하루도 진기한 음식을 먹은 적이 없고 화려한 옷을 입은 적도 없다. 부쳐 먹을 밭 한 뙈기도 없었으며 수중에 돈 몇 푼도 없을 정도로 곤궁함이 매우 심했다. 그러나 제아무리 감찰을 잘하는 자라 해도 그가 남에게 청탁한 일이 있다는 증거를 찾을 수 없었고, 노선이 다른 자들도 그가 위선으로 아부한다고 모함할 수 없었으니, 여기서 처사의 삶을 볼 수 있다.

황강荒江의 굽이에 허름하기 짝이 없는 집이 있는데 지붕 위엔 온통 잡풀이 덮여 있다. 그러나 아버지는 자애롭고 자식들은 효성스러우며 남자는 책을 읽고 여자는 길쌈을 하여 제자리에 맞게 행하고 본분을 지킨다. 저 부귀로우나 마음에 부끄러움이 있어서 이마에 식은땀이 나는 자와 견준다면 어떠한가?

처사의 장지葬地는 그 살던 집의 불빛과 연기가 빤히 보이고 닭 울음과 개 짖는 소리가 들릴 정도로 가까운 곳에 있으니, 이는 대청마루에서 방으로 가는 거리나 마찬가지이다. 풍수가의 말에 빠져서 빈산이나 황량한 들판 사이, 비바람이 진동하고 여우와 살쾡이가 울부짖는 곳에 묘를 쓰는 것보다 훨씬 낫다.

아! 흰 망아지가 지나가고 누런 기장밥이 다 익었으니, 처사는 이제 행장 챙겨 떠나시게.

嗚呼! 處士沒, 而世爲季世, 俗爲澆俗. 何以故? 無古樸人也. 處士生六十有餘年, 未嘗一日食珍腴衣華采. 田無半畝, 産不數金, 窮至甚也. 然雖巧伺者, 不能跡其干囑; 異趣者, 不敢誣其柔佞, 是可以見處士矣. 荒江之曲, 甕牖土床, 草生屋上, 而父慈子孝, 男讀女績, 行素位, 守本分, 視彼富貴, 而愧于心泚于顙者, 何如也? 處士之藏, 與其家, 烟火光通, 鷄狗聲聞, 是猶自堂而適室. 勝溺形家言, 墓於空山荒野之間, 風雨震而狐狸嗥者, 遠也. 嗚呼! 白駒過矣, 黃粱熟矣, 處士, 其理裝行矣. _祭表從趙處士春卿文

—

　　　　　　　　삶과 죽음의 거리는 얼마나 될까? 장葬이라는 글자는 본디 죽은 사람을 사람이 살지 않는 숲 속에 갖다 버리는 데서 유래했다고 한다. 짐승의 먹이가 되고 비참하게 썩어 가는 것을 막기 위해 매장埋葬이나 화장火葬을 하게 된 건, 『맹자』에 나오듯이 후대에 생겨난 일이다. 산 깊은 곳에 묻든, 흐르는 강에 뿌리든, 우리는 그렇게 산 자의 삶에서 먼 곳에 죽음을 두려 한다. 일본에는 동네마다 가까이 있다는 납골당을, 우리는 반경 몇 킬로 이내에 들어오는 것마저 결사決死! 반대하니, 죽음 가까이하기를 죽기보다 싫어하는 셈이다. 삶이 대단하다고 여기기에 죽음은 한사코 멀리 있어야 하는 것이다.

여기 한 사람의 삶이 끝났다. 그런데 풍수지리설에 따라 어딘가 특별한 곳에 장지를 구하려 하기는커녕, 평생 살던 집, 이젠 남은 가족들이 살아갈 집에서 빤히 보이는 가까운 곳에 묻었다. 어찌 보면 살아 있던 시간이라는 건 기장밥 익을 시간도 안 될 만큼 짧고 허망한 것인지 모른다. 심지어 달리는 말이 틈을 빠져나가는, 그야말로 눈 깜짝하는 사이가 우리에게 주어진 시간의 전부라고까지 하지 않던가. 삶이 대단한 것이라고 여기지 않는 만큼, 죽음으로 가는 거리 역시 길 필요가 없다. 기껏해야 대청마루에서 방으로 들어가는 거리면 족하다.

"개똥밭에 굴러도 이승이 좋다"는 속담도 있는데, 삶에 대한 욕망과 미련을 완전히 버리고 죽음을 늘 지척에 있는 것으로 아무렇지도 않게 맞이할 수 있을까? 혜환은 이 사람이라면 가능하다고 말한다. 이젠 세상에서 달리 찾기 어려운 '예스럽고 질박한'(古樸) 사람이기 때문이다. 박樸은 아무 가공도 하지 않은 통나무다. 그래서 본질에 충실하고 남의 말, 남의 욕망에 휘둘리지 않는다. 그저 생긴 모양 그대로 자신에게 주어진 길을 소박하게 갈 뿐이다. 좋은 음식, 멋진 옷, 안락한 집은 없지만, 그런 욕망을 좇는 사람들이 가질 수 없는 평온함과 떳떳함이 있다. 그렇게 평생을 살아온 사람이므로 그에게 이렇게 말할 수 있다. "대청마루에서 방으로 들어가는 거리만큼이나 가까이 있는 것이 죽음이니, 간단한 행장이나 꾸리고 잠시 마실 가듯 그렇게 가시

게나." 宋

제문의 주인공은 조원상趙元相(1709~1771)이다. 춘경은 그의 자. 이용휴는 외
사촌 형제인 조원상, 조형상趙亨相, 조정상趙貞相 3형제와 교분이 두터웠다.

절반만 살아도 온전한 한평생

오호라! 그대는 사람의 인륜에 충실했고 신의에도 도타웠다. 가슴에는
꽉 막힌 것이 없었고, 입으로는 남의 험담을 하지 않았다. 선행을 해도
이름이 알려지기를 구하지 않았고, 베풀면서도 보답을 바라지 않았다.
그러나 그대가 남몰래 했던 수행을 조물주가 기억하리니, 공적을 평가
하는 장부에 우등이라 매기고 '군자'라고 적을 것이다. 어떻게 알았겠
는가? 나는 손태孫泰와 왕공겸王公謙의 일을 통해 알았다.

　아! 인생은 백 년을 기한으로 삼아 상수上壽라고 한다. 그대는 안락
함을 거처로 삼고, 즐거움을 가족으로 삼았다. 부인이 음식을 잘 만들
었으니 어찌 궁궐의 요리가 부럽겠는가. 아이들이 글을 잘 읽으니 음
악을 대신할 수 있었다. 이러한데도 만약 또 백 년의 수명을 다 채운다
면 다른 사람이 상수한 것에 비해 두 배쯤 더해서 이백 년은 산 셈이
된다. 세상에 어찌 이런 일이 있겠는가? 이제 백 년 수명에서 절반을
던 것은 조물주가 긴 것은 자르고 짧은 것은 보충하여 평등하게 만드
는 뜻이 담겨 있다. 달관한 사람이라면 그 뜻을 순순하게 받아들일 수
있을 것이다.

나는 곤궁하고 늙은 포의布衣에 불과하지만 그대가 늘 존경하여 모셨고, 그대는 까마득한 후배였지만 나는 늘 그대를 예우했으니, 서로 사랑하고 좋아하는 마음은 똑같았다. 나는 이제 그대를 잃었으니 슬픔이 가슴에서 우러나와 세상에서 남을 조문하는 상투적인 말로 그대의 귀를 번거롭게 할 겨를이 없구나!

嗚乎! 君厚於倫物, 篤於信義. 胸無城柴, 口無砧蒡. 善不覬名, 施不望報. 而黯然之修, 造物記之, 其殿最之籍, 置諸上考而題之曰君子. 何以知之? 吾以孫泰王公謙事知之. 噫! 人生以百年爲限, 而稱上壽. 君以安樂爲室廬, 歡喜爲眷屬. 婦善治饗, 何羨太官, 兒能讀書, 可代比竹. 如此而若又滿百年之數, 則比他人之上壽者, 便加倍而享二百年. 世豈有是哉! 今減其半者, 亦造物絶補平等之意. 達觀者可以順受矣. 余乃窮老布衣, 而君常尊尙之, 君是眇然後輩, 而余每禮貌之, 而其愛好之心則同. 余今失君, 悲從心生, 不暇以世俗祭人之套語煩君聽也. _祭金君溟老文

一

　　　　　　　　김명로金溟老가 누구인지는 확인할 수 없다. 다만 그에 대한 글로는 『혜환잡저』에 「제김군명로소장화당」題金君溟老所藏畫幢이 한 편 남아 있다. 생시에 돈독한 관계였음이 분명하다. 그는 인륜을 지키려 애를 썼고, 신의 있는 사람이었다. 가슴에는 꽉 막힌 것이 없어서 남들을 가리지는 않았지만 그렇다고 할 말 못할 말 구별하지 못해 말실수를 하지도 않았다. 선을 베풀면서도 명예나 보답 따위는 염두에 둔 적이 없다. 하늘에서 평정評定을 한다면 틀림없이 군자라고 매겼을 것이니, 참으로 군자다운 삶을 살다가 군자처럼 죽었다. 손태와 왕공겸은 누구인지 찾을 수는 없지만, 아마도 선정善政을 해서 우수한 고과를 받은 인물인 듯하다.

김명로의 삶은 안락하고 즐거웠다. 아내는 음식을 잘하고 아이들은 독서를 즐겨하여 부족할 게 없었으니, 말하자면 남들보다 두 배나 행복한 사람이었다고 할 수 있다. 상수上壽는 100세로, 사람의 수명을 상중하로 나누어 볼 때 최상의 수명이란 뜻인데, 『좌전』에서는 120살을 상수로 보기도 한다. 그가 상수인 백 살을 산다면 그것은 이백 살을 산 셈이 된다. 확인할 길은 없지만 그는 나이 쉰 즈음에 죽은 듯하다. 행복했기 때문에 쉰에 죽었어도 상수인 백 살을 산 것과 같다는 말에서 오히려 후배의 이른 죽음을 안타까워하고 슬퍼하는 마음이 진하게 배어난다.

제문의 맨 뒷부분에서 "세상에서 남을 조문하는 상투적인 말로 그대의 귀를 번거롭게 할 겨를이 없구나"라고 한 것은, 보통의 제문에서 보여 주는 일반적인 칭찬의 말로는 고인을 애도하고 싶지 않다는 말이다. 혜환은 죽음 자체에 대해서 새로운 시각으로 접근한다. 이것이 그의 만시挽詩나 제문에서 보이는 큰 장점이며 매력이다. 즉 죽음을 슬픔과 절망이라는 익숙한 시선으로 읽어 내지 않고, 직관과 유머라는 새로운 시선으로 재해석해 낸다. 그만그만한 입에 발린 말들만 쏟아 내어 아무런 감흥을 주지 못하는 제문이 아니라, 아끼는 후배를 잃은 선배의 슬픔과 허전함이 진정으로 전해지는 글이다. 林

세상 밖으로, 예술 속으로

가짜가 판치는 세상

호랑이는 깊은 산속에 살아서 사람들이 쉽게 보기 어렵다. 옛날 책에서 대개 말하기를 "호랑이의 씩씩하고 괴이함이 악귀와도 같다"고 했고, 여러 화가들이 그린 그림을 보면 건장하고 걸출한 사나운 호랑이의 모습만 부각시킨다. 나는 '세상에 어떻게 이처럼 울부짖는 기이한 동물이 있을 수 있는가?'라고 생각했다.

　신유년(혜환 34세 때) 광주廣州에서는 사나운 호랑이 때문에 골치를 앓아 관에서 호랑이를 잡을 수 있는 사람을 모집하여 상을 주었다. 사냥꾼 아무개가 연거푸 호랑이 여러 마리를 죽이자, 형님인 죽파공竹坡公(이광휴)이 그 소식을 듣고는 후한 값을 치르고 황화방皇華坊(현재의 정동井洞) 집으로 가져오게 했다. 죽은 호랑이를 몇 리도 채 옮기기 전에 거리는 이미 인파로 가득차서 뿌연 먼지가 천지를 뒤덮었다. 호랑이가 이르자 문 쪽에 앉아 있던 손님들이 모두 소름이 끼쳐 얼굴빛이 하얗게 질렸다.

　이렇게 해서 마당에 누워 있는 죽은 호랑이를 마음껏 보게 되었다. 그런데 큰 이빨과 갈고리 같은 발톱은 대개 맹금猛禽류와 같았으나 이

전에 그림이나 책에서 보고 들은 것만은 못했다. 여기에서 어질고 뛰어난 인물로 책에 실려 있긴 하나 눈으로 직접 보지 못한 사람 중에서 이 호랑이와 같은 경우가 많음을 알 수 있다.

　일찍이 듣기로 어떤 재상의 집에 보관된 〈새끼 밴 호랑이 그림〉(乳虎圖)은 진晉나라와 당唐나라 연간의 물건이라 전해진다. 그 그림의 괴이하고 사나움은 지금 세속에서 그리는 것에 못 미치는 것 같지만, 개들이 그림을 보자마자 벌벌 떨며 도망가고 숨는다고 한다. 그런데 다른 그림으로 시험해 보면 그렇지 않았다고 한다. 저 가축들도 속일 수 없는 것이거늘, 사람이 도리어 진짜와 가짜에 현혹되어 헛되이 떠들기만 하는 것은 어째서인가?

虎宅深山, 人罕覯也. 古書中多言, 其雄詭如鬼魊, 及看諸丹靑家所畵者, 極其健特虎鷙之狀. 余意世安有如是虓然異物也. 歲辛酉, 廣州患虎暴, 官募能捕者賞. 有獵戶某, 連斃數虎. 家兄竹坡公聞, 厚遺焉, 使致之皇華坊第. 虎未至數里, 巷衖已塞, 塵颺天也. 乃門坐客, 皆竦然色動. 乃尸於庭, 縱觀焉, 鉅齒鉤爪, 盖猛禽也, 然不至如前所見於畵若書者也. 是知有載籍來賢豪人物, 未經目見, 類是虎者多矣. 曾聞某宰家蓄一乳虎圖, 傳爲晉唐間物. 其殊怪猛惡, 若弗及今俗所描者, 而諸犬見之, 輒駭怖走竄. 試以它圖, 則不然云. 彼畜物亦不可欺, 人反有眩眞贗而徒呶呶者, 何哉? _虎說

—

심리적 또는 실제적 거리가 멀수록 그 대상은 신비화된다. 흔히 보지 못하는 것은 무섭고 신비롭다. 사람들은 대부분 책이나 그림 등을 통해 보는 것을 쉽게 믿는다. 실제보다 더 꾸며지고 부풀려진 이미지가 실제보다 더 실제처럼 머릿속에 자리 잡기도 하는 것이다. 실제가 어떤지는 중요하게 여기지 않고 보려 하지도 않는다.

예나 지금이나 호랑이를 실제로 보는 경우는 드물었던 모양이다. 형인 이광휴李廣休(1693~1761)가 값을 치르고 가져온 죽은 호랑이를 직접 보았더니 이빨이나 발톱 등은 자기 예상과 다름이 없었지만, 그저 맹금류일 뿐 상상했던 무시무시한 괴수의 모습은 아니어서 맥이 빠졌다고 토로하면서, 어질고 뛰어난 인물들도 이와 다름없음을 말하고 있다. 명성이 뛰어난 사람들을 직접 만나 보면 명불허전인 경우도 있지만, 아무런 실력이나 내공도 없이 대가의 반열에 무임승차한 경우도 적지 않다.

사납지는 않지만 실물에 가까운 호랑이 그림을 개에게 보여 주었더니 놀라서 도망쳤다는 이야기를 끝에 붙인 이유는 무엇일까? 가짜는 오히려 더 진짜 같고, 진짜는 오히려 가짜처럼 보인다. 그러나 진짜만이 가진 진실은 조금도 훼손되지 않는다. 악화惡貨는 양화良貨를 구축한다. 불의가 정의를 누르기도 하고, 소인이 군자를 핍박하기도 한다. 가짜가 판치는 세상에 대한 답답함이 이 글에 드러난다. 朴

선생님 질문 있어요

태어나면서부터 아는 것보다 더 나은 앎이란 없지만 여기서 안다는 것은 이치에 국한된다. 사물의 명칭이나 수치와 같은 것은 반드시 묻기를 기다린 뒤에야 알 수 있다. 그러므로 순舜임금은 묻기를 좋아했으며 공자는 예禮에 관해서 묻고 관직에 대해서 물었으니, 하물며 이보다 못한 사람에 있어서이랴!

내가 일찍이 『본초』本草을 읽은 후에 들판을 다니다가 부드럽고 살진 줄기와 잎을 가진 풀을 보고 그것을 캐고 싶어 시골 아낙네에게 물었다. 아낙네가 "이것은 초오草烏라고 하는데 지독한 독이 있답니다"라고 하기에 깜짝 놀라서 버리고 갔다. 『본초』를 읽긴 했지만 풀의 독에 거의 중독될 뻔하다가 물어서 겨우 면하게 된 것이니, 천하의 일을 자세히 따져 묻지 않고 망령되이 단정할 수 있겠는가?

살펴보건대 『설문해자』說文解字에 "문問이란 의심나는 것을 묻는 것이다"라고 했다. 세상 사람들 중에는 스스로 지혜롭다고 여겨 묻기를 부끄러워하고 의성疑城에 갇혀 살다가 죽는 사람이 많다. 오직 신원일申原一 군만은 그 성품이 묻기를 좋아한다. 학술의 같고 다름과 의리의 취사는 말할 것도 없고, 비록 대수롭지 않은 자구字句로서 이미 대강 알고 있는 것이라 해도 반드시 방법을 궁리하고 사리를 연구해서 환하게 명백해진 뒤에야 그만두었으니 앞으로 얼마나 더 진보할지 헤아릴 수가 없다. 내가 「호문설」好問說을 지어 주노니, 그대는 이것을 가지고 여러 사람에게 물어보고도 풀리지 않는 것이 있거들랑 다시 와서 나에게 물어라.

莫知於生知, 然其所知者, 理也. 若名物度數, 則必待問而後知. 故舜好問, 宣尼問禮問官, ⿰㐌刂下此者乎! 余嘗讀『本草』後, 野行, 見有草莖葉嫩肥, 欲採之, 問于田婦. 婦曰, "是名草烏, 有大毒." 余驚棄去. 夫讀本草, 而幾爲草毒, 以問僅免, 天下之事, 其可不審問而妄斷耶? 按『說文』, "問者, 質疑也." 世之人, 自智而恥問, 生死疑城之中者多. 惟申君原一性好問. 無論學術同異, 義利取舍, 雖尋常字句, 曾已略曉者, 必講究尋繹, 洞然明白而後已, 其進未可量也. 余爲作「好問說」贈之, 君其持此以問於衆, 如有遺義, 復來問我. _ 好問說

—

　　　　　　태어나면서부터 아는(生而知之) 사람도 이치를 말하는 것이니, 세상의 여러 잔다란 일들이야 묻고 연구하지 않고서는 알 수 없다. 그러한 의미에서 순임금도 묻기를 좋아하고 하찮은 말도 살피기를 좋아하셨다. 『중용장구』 제6장에 "순임금은 큰 지혜가 있는 분이시다. 그분은 묻기를 좋아하고 하찮은 말도 살피기를 좋아하셨다"(舜其大知也與, 舜好問而好察邇言)라고 나온다. 또, 공자 역시 태묘太廟에 들어가 매사를 묻곤 했다는 말이 『논어』 「팔일」八佾 편에 나온다. 순임금이나 공자 같은 분들도 이러했는데, 일반 사람들이야 의심이 날 때 물어야 함은 말할 것도 없다.

두 번째 단락부터는 넌지시 자신의 경험을 풀어 놓고 있다. 혜환은 『본초』를 읽어서 풀에 대한 웬만한 지식은 갖추고 있었다. 그러나 초오라는 독풀을 시골 아낙네에게 물어 알았다. 묻지 않고 캐어서 복용이라도 했다면 큰 낭패를 당할 뻔했다. 초오는 "냄새가 없고 혀를 마비시키며, 맛은 몹시 매우면서도 쓰고, 성질은 뜨겁고 독이 많다"고 알려져 있다. 이치로만 알던 지식이 산지식 앞에서 무참하게 깨진 셈이니 아는 것도 질문하고 확인하는 과정을 빠뜨릴 수 없다.

이처럼 글의 앞부분에서 물음의 가치나 의미에 대해 높게 평가하고 있다. 사물의 이치[理]는 참으로 중요하다. 그러나 이것만을 강조하고 집착한다면 자칫 큰 오류를 범하기 십상이다. 학문에서 물음을 통해 고증考證하고 변증辨證하는 과정은 그래서 중요하다. 혜환이 보여 주는 박학博學과 고증도 이와 무관하지 않다.

마지막 단락에서는 전형적인 억양抑揚의 방식을 취한다. 이치에 닿지 않는 질문을 줄기차게 쏟아 내는 제자에 대한 따끔한 충고를 담았다. "다른 데 가서 두루 물어보고 찾아보고, 그래도 정 안 되면 나를 찾아와라"라는 뜻이다. 선생이 제자의 질문을 마다할 까닭이 있을까. 그러나 스스로 궁구하고 찾아보는 수고를 거치지 않고 무작정 선생에게 질문 먼저 하려는 제자가 마음에 들지 않았던 모양이다. 자꾸만 눈치도 없이 질문을 쏟아 내는 제자와, 면박

주지 않고 점잖으면서 지혜롭게 충고하는 선생의 모습이 마치 초등학교 교실의 풍경마냥 재미나다. 朴

의성疑城은 아미타불의 정토에 있으며, 의심을 품은 마음으로 수행한 이들이 머무르는 곳이다.

골치 아픈 먹물 놈들

사람들은 단지 사납고 어리석은 사람들을 다스리기 어렵다는 것만 알지, 교양 있고 어진 사람들이 다스리기 더 어렵다는 것은 알지 못한다. 사납고 어리석은 사람들이 명령을 따르지 않으면 말하기를 "내가 정사政事를 못하는 것이 아니라, 저들이 사납고 어리석어 교화하기 어렵습니다"라고 하면, 듣던 사람도 "원래 그렇습니다. 사슴 돼지 같거나, 나무나 돌과 같은 사람들을 그대라고 어떻게 할 수 있겠습니까?"라고 할 것이다.

그러나 만약 교양 있고 어진 사람이라면 하나의 명령이 내려질 때마다 으레 말하기를 "이것은 앞선 성인의 글에서 나온 것입니까? 『경국대전』經國大典에서 나온 것입니까?"라고 할 것이다. 비록 백성들을 편하게 하는 정사나 풍속을 권면하는 교화가 나오더라도 "아주 잘한다 해도 공수龔遂와 황패黃覇, 탁무卓武와 노공魯恭에 불과할 것이고, 끝내 옛날의 자천子賤이나 자유子游에게는 손색이 있을 것입니다"라고 말하며 따르기는 하겠지만 심복하지는 않을 것이니 이것이 가장 어려운 것이다.

이우경李虞卿 군은 전직이 승정원承政院 승지로서 예주부사禮州府使로 나가게 되었다. 예주禮州는 곧 문경새재 남쪽 유현儒賢의 고향이다. 나는 우경이 걱정되기도 하고, 우경 때문에 즐거워지기도 한다. 걱정이 되는 것은 그 조목條目을 시행할 때 혹 이치에 어긋나 현자에게 죄를 지을까 근심하는 것이고, 기쁜 것은 조심하고 두려워하기를 엄한 스승과 두려운 벗이 곁에 있는 것처럼 여겨 일을 행함에 더욱 진척이 있을 것이므로 즐거운 것이다. 또한 우경이 전에 다스린 풍기豊基도 영남의 읍이었는데 잘 다스렸다는 명성이 있었으니, 이제 예주 수령으로 나가면 반드시 전보다 나은 것이 있을 것이다. 나는 장차 귀 기울여 듣기를 기다릴 것이다.

人但知懷忕頑愚者之難治, 而不知文明賢智者之爲尤難治也. 懷忕頑愚者不率令, 則曰 : "我政非不善也, 彼懷忕頑愚故難化也." 聽之者, 亦曰 : "固然, 子其於鹿豕木石何?" 若文明賢智者, 則每一令下, 輒曰 : "是出前聖之書耶? 經國之典耶?" 雖有便民之政, 勵俗之敎, 曰 : "至不過爲龔黃卓魯而下, 終有遜於古之單父武城." 從焉而不服, 此其爲最難者也. 李君虞卿, 以前銀臺承宣, 出宰禮州. 禮州卽大嶺之南儒賢之鄕. 吾爲虞卿憂, 又爲虞卿喜. 憂者, 憂其科條施爲或違於理, 得罪於賢者, 喜者, 喜其小心惕慮, 若嚴師畏友之在傍, 行業益進也. 且虞卿曾任豊基, 亦嶺邑也, 而有治聲, 今守禮州, 必有進於前者. 余方側耳俟聽矣.　_送李虞卿出守禮州序

—

　　　　　　보통 단순 무식한 일반 백성들을 다스리기 어렵다 생각하지만, 실제는 글줄이나 읽은 지식인들이 다스리기에는 더 까다롭다. 전자의 경우 명령이 잘 시행되지 않으면 치자治者의 잘못보다는 일반 백성들에게 그 탓을 돌리기 십상이다. 철저하게 백성들을 교화나 계몽의 대상이라 여기고 자신의 시행착오에 대해서는 가볍게 면죄부를 얻어 내곤 한다. 또 자신의 이런저런 정책이 잘 먹혀들지 않는다며 다른 이에게 하소연하면, 듣는 사람 역시 백성들은 사슴이나 돼지, 나무나 돌처럼 무지하기 이를 데가 없으니 마음에 두지 말라고 손쉽게 동조한다. 스스로 반성할 기회마저 가질 수 없는 것은 그들이 보여 주는 침묵의 카르텔 덕이다.

그러나 정작 피곤한 부류는 지식인이다. 무언가 의욕적으로 일을 추진할라 치면, 성인의 경전이나 법전을 들먹여 딴죽을 건다. 게다가 아주 적절하거나 탁월한 일의 추진도 제까짓 게 잘해 봐야 고작 한漢나라 순리循吏(공수, 황패, 탁무, 노공)에 불과할 것이고, 잘해 봤자 공자 제자들(자천, 자유)의 정사政事와 교화에는 못 미칠 것이라 입을 삐죽대며 따르는 척은 해도 진심에서 우러나오는 협조는 하지 않는다.

혜환이 이 글을 써 준 이우경은 이명준李命俊(1721~?)으로, 우경虞卿은 그의 자字다. 이명준이 부임하는 예주는 다스리기에 만만치 않은 고을이었다. 혜환은 이명준이 법률이나 명령을 시행할 때 그 지역에 사는 식자층의 눈 밖에 날까봐 걱정되기도 하고, 그 고을 식자층을 마치 엄한 스승이나 두려운 벗처럼 생각하고 조심스럽게 공무를 처리해 간다면 일처리에 더욱 도움이 될 것이니 기쁘기도 하다고 했다. 게다가 이명준은 영남 사림士林의 고장 풍기를 잘 다스린 경험이 있지 않은가.

이 글은 좁게는 영남 사람에 대한 풍자를, 넓게는 지식층 전반을 겨냥하고 있다. 지식인은 교활해지기 쉽고 점잖은 척 포장하기도 어렵지 않다. 무식하고 가난한 사람들은 돌발적이거나 속이 보이게 행동하지만, 배운 사람은 머리를 굴리느라 절대 단순하게 자신을 드러내지 않는다. 이익이나 셈에 빨라서 남에게 양보하거나 자신에게 손해를 입힐 행동을 하지 않는다. 뒤에서는 끊임없이 구시렁거리면서 저보고 하라면 발을 쏙 뺀다. 지식인이 넘쳐나는 요즘에 여기서 자유로울 수 있는 사람들은 얼마나 될까? 🏕

임금에게 하는 충고

한 시간의 12각 안에서 쉬지 않고 생각하고, 하루의 12시간 안에서 앞으로 걷기를 그치지 않는다면 내일은 오늘과 다르고, 오늘은 어제와 달라질 것입니다. 조금씩 바꾸기를 쉬지 않는다면 보통 사람은 현인賢人으로 나아가고, 현인은 성인聖人으로 나아가게 됩니다. 그러나 잠시 한눈팔면 틈이 생기고 조금 쉬면 후퇴하게 됩니다. 천행天行의 건실함을 마땅히 깊이 체득할 것입니다. 처마 앞의 나무는 나날이 웃자라고 처마 밖의 물은 나날이 흘러 눈앞의 풍경이 옛날 모습이 아님을 깨닫게 되니, 자신에 대한 공부를 어찌 쉴 수가 있겠습니까. 아침에는 읽고 낮에는 강론하며 밤이면 생각하여 옛것을 익히고 새것을 알아야 할 것입니다. 과실이 있으면 고치고 잘한 게 있으면 따르고 의로우면 행하여 옛것을 버리고 새것을 따라야 됩니다. 아! 말세에는 오로지 날마다 놀기만 하고 게으름 피우다 어느새 머리가 하얗게 세면 오히려 옛날의 나일 뿐입니다. 우리 동방은 운이 시작에 속해 있음을 어찌하겠습니까! 탕반湯盤의 교훈을 감히 상감께 바칩니다.

一時十二刻之內, 念念相續, 一日十二辰之中, 步步向前爲未已, 明日異
於今日, 今日異於昨日. 而漸遷作不輟, 常人進於賢人, 賢人進於聖人.
而沛然乍放則疲, 少歇則退. 天行之健, 所當深體, 軒前有樹日日抽, 軒
外有水日日流, 眼前光景覺非昔, 身上工夫其可息? 朝則讀, 晝則講, 夜
則思, 溫故知新; 過則改, 善則服, 義則行, 舍舊從新. 嗟嗟叔季, 惟日遊
惰, 居然白首, 猶是舊我. 那歟吾東, 運屬一初. 湯盤之訓, 敢獻當宁.

_ 日新軒銘

—

       혜환은 시간이나 오늘의 의미에 대해 여러 글
들에서 언급한 바 있다. 그에게 허투루 보내는 시간이나 아무런 가치 없이
지낸 오늘은 곧 살지 않은 날과 다를 바 없었기에, 순간순간 최선을 다하고
어제보다 나은 사람이 되고자 했다. 어제와 같은 나는 하루를 더 살고 죽는
다 해도 어제 죽은 것과 매일반이다. 아차 하는 순간에 모든 일은 어그러지
고, 조금만 쉬어도 괜찮겠지 하고 방심하면 한없이 뒤로 물러설 수밖에 없
다. 보잘것없는 한 개인의 삶도 그러하다면 제왕의 삶은 두말할 필요 없다.
이 글의 원제는 '일신헌명'日新軒銘이다. 여기서 말하는 일신헌日新軒은 경희
궁慶熙宮에 있는 전각이다. 이 글은 임금에 대한 충고를 담고 있다. 아침에
일어나서는 고금의 경전을 읽고, 낮에는 신하들과 강론을 하며, 밤이 되면
이런 저런 생각에 잠긴다. 과실이 있으면 금세 고치고, 잘한 게 있으면 그대
로 밀고 나가며, 의로운 일이라면 추진력 있게 처리한다. 이 모든 것을 다 온

고지신, 사구종신舍舊從新해야 한다. 하던 대로 하면 잘해 봐야 현상 유지를 넘어설 수 없고, 잘못되면 당연히 도태할 수밖에 없다. 게다가 그것이 잘못된 관행이라면 문제는 더욱 심각해진다. 과실을 저지르는 것보다 과실이 있는 것을 알면서도 그대로 밀어붙이는 것이 더 큰 문제다. 나만 따르라는 것은 추진력이 있기는 하지만 그 '나'가 잘못되었을 때는 다수를 위험에 빠트릴 수도 있다. 제왕이란 만인지상에 있으니 자신의 과실이나 과오에 대한 솔직한 인정이 무엇보다 필요하다.

탕반湯盤은 쉽게 풀면 탕임금의 목욕통인데, 『대학』에 "탕임금의 목욕통에 새긴 명銘에 이르기를 '진실로 어느 날 새로워졌거든 나날이 새로워지고 또 날로 새로워져야 한다'"(湯之盤銘曰: 苟日新, 日日新, 又日新)라고 한 것을 가리킨다.

이 글은 짧지만 강렬한 메시지를 전달한다. 깨어 있는 지도자를 바라는 마음은 옛날이나 지금이나 다르지 않다. 지도자는 귀 막고 눈 감은 채 불도저처럼 밀어붙이기만 하고, 그 옆에는 입 안의 혀처럼 구는 아첨꾼들만 넘쳐난다면 그 나라의 미래는 어둠 속에서 벗어날 수 없을 것이다. 이런 글이 임금에게 어렵지 않게 전달되고 그것을 뼈아프게 받아들인다면, 그 나라는 적어도 희망은 있다고 할 수 있다. 朴

"천행의 건실함"이란 『주역』「건괘」乾卦에 나온 말로, "하늘의 운행이 강건하니, 군자가 이것을 본받아 쉬지 않는다"(象曰, 天行健, 君子以, 自强不息)라고 했다.

해서 고을 거지 이야기

신유년(1741)에 큰 흉년이 들어서 구걸하는 사람들이 길에 즐비했다. 하루는 서재에서 큰형님 죽파공竹坡公(이광휴)을 모시고 옛일을 이야기하고 있는데 웬 거지가 와서 포대를 풀어 놓고 담에 기대어 앉는 것이었다. 나이도 많고 모습도 예스러운 것이 볼수록 범상치 않은 듯했다. 죽파공이 그에게 물었다.

"노인이 비록 누추한 행색으로 빌어먹으러 다니기는 하나 천인은 아닌 것 같구려. 시골 양반이나 토박이 관료쯤 되시는 게요?"

"저야 그저 농부입죠. 무슨 그런 감당 못할 말씀을 다 하십니까요."

"그렇다면 본래 적으나마 생계거리가 있었을 텐데, 어찌 이 지경에 이르렀소?"

그러자 그는 긴 한숨을 쉬고 나서 말했다.

"아들놈이 관가의 광산에 종으로 투신했는데, 은銀은 다 고갈되고 세금은 무거워지는 바람에 가진 것을 죄다 사탕私帑(왕의 사적 창고)에 갖다 팔았습죠. 게다가 흉년까지 더해, 사방으로 돌아다니며 입에 풀칠을 하고 있습니다."

때마침 초여름이어서 복숭아가 막 익었다. 내가 몇 개 가져다주었더니, 그는 다 먹고 나서 천천히 말했다.

"과일을 먹고 사는 이는 건강하고 장수한다던데, 혹 그런 이치가 있습니까? 저 어릴 적 일이 생각납니다. 저는 시골 선생님 최 모 어른께 글을 배웠습죠. 참 인품이 훌륭하고 글도 잘 짓는 분이셨습니다. 일찍이 향시鄕試에서 장원을 하셨는데 성시省試에 응시하지 않고서 '여기가 어찌 천리마의 뼈를 둘 곳인가?' 하시고는 결국 산에 들어가 초가집을 짓고 학생들을 가르치셨습니다. 저는 선생님의 막내 동생 최 모, 조카 최 모와 가장 친하게 지냈습니다. 저희는 매번 글을 읽는 여가에 서로 어울려 숲 속으로 들어가서 이런저런 야생 과일들을 마음대로 따먹곤 했습죠. 그때 선생님께서는 우스갯소리로 '이 녀석들, 늙지 않을 방도를 연습하는 게냐? 나무 열매 먹는 것을 어찌 이리 좋아하느냐?' 하셨습니다. 지금 하찮은 제 나이가 여든이 꽉 찼고, 두 최 씨는 저보다도 몇 살이 많은데도 모두 병이 없으니, 선생님의 말씀이 어쩌면 뜻이 있어서 하신 것일까요? 하긴 그렇다 해도 저 같은 놈은 굶주림과 목마름 때문에 성품을 해쳐서 선조를 더럽히고 자신을 욕되게 했으니, 이른바 조화옹의 곤욕을 입은 자입니다. 그러니 장수를 한들 무슨 이익이 있겠습니까?"

나는 그 말이 소박하고 정직하여 속임이 없다고 여겼다. 대대의 문벌을 떠벌리지 않는 것을 보건대 더욱 믿을 만하다. 아! 최 씨는 진실로 높은 선비다. 그러나 덕을 숨기고 드러내지 않았으므로 세상에서 아는 사람이 거의 없다. 거지 또한 좋은 사람이다. 궁하고 늙어서 죽게 되었으나 참되고 질박함을 잃지 않았다. 이제 거친 비탈 오랜 골짝에 숨은 선비, 형편없는 밭에서 근근이 살아가는 농부 가운데에도 사람이 있음을 알겠다. 이런 생각에 드러내어 기록해 둔다. 그 거지는 김 모이고 해서海西 어느 고을에 산다고 한다.

辛酉歲大飢. 叫化者, 踵相接於途也. 一日, 余方在書舍, 陪伯氏竹坡公, 談古事, 有丐者來, 解下包袋, 依墻而坐, 年高貌古. 審之若有異者. 竹坡公問, "老人雖裘索行乞乎. 似非下流, 豈鄕紳士官族耶?" 曰: "田家也, 不敢妄認矣." 又問, "本少産業, 何以至於斯?" 則歔唏久之曰: "有子投隷官礦, 銀竭賦重, 盡市私帑以償. 加値歉荒, 轉走四方糊口耳." 時夏初含桃新熟. 余爲取數枚以餉, 啖已. 徐曰: "木食者, 强而壽, 理或然耶? 憶俺童子時, 學於鄕先生崔丈某氏. 其人蓋有道行, 而善爲文, 嘗以發解高等, 不赴省試曰: '是豈可處千里骨者耶?' 遂入山, 結草菴, 敎授諸生. 其季弟某, 及其從子某, 與俺最善. 每讀書之暇, 相呼入林中, 摘諸野菓, 恣意食之, 先生戱謂, '而曹欲習不老方與? 何嗜木實若是?' 今俺狗馬之齒, 恰滿八十, 兩崔, 則又長俺數歲, 而俱無恙, 先生之言, 豈有意發哉? 雖然, 若俺者, 飢渴害性, 忝先辱身, 所謂爲造化困者, 壽亦奚益也? 余以爲其言質直不誣. 觀於不張世閥, 尤可信也. 噫! 崔固高士, 而隱德不衒, 世鮮識者. 丐亦好人, 窮老垂死, 而眞樸未喪, 可知荒陂古峽之所藏, 卑田養濟之所聚, 亦自有人也. 故表而錄之. 丐者, 金姓名某, 居海西某邑云. _海西丐者

—

　　　　　　　슬픈 글이다. 글공부도 하고 산과일도 따 먹
는 유년을 보낸, 평화롭고 정상적인 삶을 살던 어떤 이가 하루아침에 거지가
되어서 나이 여든에 남의 집을 전전하며 살아가고 있다. 유례없는 흉년이라
구걸도 쉽지 않다. 굶주림과 목마름 때문에 그동안 누렸던 모든 일상을 버린
채 인간으로서의 자존심마저 내어놓고 사는 삶은, 얼마나 기구하고 비참한
가.

가슴 아픈 글이다. 이 거지 노인의 삶을 이렇게 만든 것은, 아들이 참여한
은광의 실패, 무거운 세금, 살림밑천을 거덜 낸 빚으로 이어진 일련의 고리
들이다. 실제로 18세기 조선에는 적지 않은 농민들이 은광으로 인해 삶의 터
전을 잃거나 삶의 터전을 잃은 농민들이 은광에 몰려드는 악순환이 이어졌
다. 중국의 요구로 인해 국가 차원의 은광을 주도하면서도, 조선의 지배층과
대부분의 지식인들은 광산 개발 자체를 매우 부정적으로 인식하고 그것에
참여하는 이들을 비난했다. 그럼에도 불구하고 농토를 버리고 은광으로 몰려
드는 이들이 엄청나게 많았던 현상은, 전세와 군역의 폐해가 도를 넘은 조선
사회의 구조적인 문제를 보여 준다. 이 거지 노인의 몰락을 그저 한 개인의
기구한 운명으로 치부하고 말 수 없기에, 더욱 가슴 아픈 일이다.

그러나 참 아름다운 글이다. 혜환이 연민을 담아 건네준 복숭아를 매개로,
이 불행한 거지 노인의 유년기 추억이 펼쳐진다. 능력을 인정받지 못하고 시
골 훈장으로 살다 간 최 씨도, 본향 같은 동산에서 깔깔대며 과일 따 먹던 친
구들도, 추억 속의 사람들, 그 공기와 시간들은 늘 아름답다. 그것이 아름다
운 이유는, 돌아갈 수 없기 때문이다. 그럼에도 불구하고, 아니 그러하기 때

문에, 돌이킬 수 없는 개인의 불행을 위로해 줄 수 있는 것은 미래가 아니라 과거인지 모른다. '잘 나갔던 왕년'을 떠벌리는 것은 사람을 더욱 초라하고 비참하게 만들지만, 아련한 추억으로 남은 유년의 순수했던 시간은 가혹한 오늘을 위로하는 잔잔한 힘이 될 수도 있다. 나아가 혜환이 본 아름다움은, 사회적 모순과 개인의 불행에도 불구하고 잃지 않고 간직하고 있는, 그 찬란하게 빛나는 인간 본연의 참되고 질박한 무엇이다. '거기도 사람이 있음을 알겠다'는 깨달음을 던지는 혜환의 시선에서도, 그 아름다움이 보인다.

혜환은 연암 박지원이나 다산 정약용처럼 유민 문제의 사회적 해결책을 논하거나 광산의 필요성을 주장하지는 않았다. 그렇다고 해서 은광에 참여했다가 패가망신한 인물을 그리면서, 대부분의 당시 지식인들이 들이댔던 비난의 칼날을 들이대지는 않았다. 그보다는 인간에 대한 따스한 시선과 연민으로 이 거지 노인 속에 간직된 참되고 질박함을 '발견'했다. 형님과 옛이야기 나누던 어느 평범한 하루, 우연히 담벼락에 기대앉은 거지 노인에게서 삶의 음지와 빛을 꿰뚫어 본 혜환의 번뜩이는 눈이, 오늘 각자의 기구한 삶의 끄트머리에 놓인 노숙인들을 본다면 어떤 말을 건넬까. 宋 ▨

최고의 이사

나는 이제 우리 성보成甫(혜환의 사위 허만許晩. 1732~1805)를 이루어 줄 수 있게 되었다.

성보는 사는 곳을 여러 차례 옮겼다. 더러는 담과 집이 튼튼하고 꽃과 나무도 아름다워서 사랑할 만했는데도, 또한 미련을 두지 않았다. 그렇게 된 까닭은 그 뒤에 살 곳을 앞서 산 곳보다 더 낫게 하려고 해서이다.

만일 성보가 거처를 옮기듯이 선善으로 옮겨 간다면 덕德이 더 나아질 수 있을 것이다. 다만 거처를 옮기는 것은 남들이 모두 볼 수 있으나 선으로 옮겨 가는 것은 남들이 알지 못할 뿐만 아니라, 자기도 알지 못하고 오로지 하늘만이 그것을 안다. 비록 그렇다고 해도 장소를 가리지 않고 옮기면 더러는 잘못되어 나쁜 고장으로 들어갈 수도 있는 것이니 이를 삼가지 않을 수 없다.

성보는 사람됨이 툭 트여서 눈썹에다 고민을 나타내지 않고, 가슴에다 싫고 좋아하는 감정을 두지 않으며, 또한 세상사에 잔꾀를 부리는 것을 알지 못한다. 일이 간혹 여의치 않음이 있더라도 후한 것을 자신에게 주고 박한 것을 남에게 주는 일은 하지 않는다. 그러므로 남들도 그를 편안하게 여겨 어른으로 대접한다.

성보는 가난하고 허약한 서생이지만 나는 그를 부유하고 용맹한 사람이라고 말한다. 대개 그 한 몸에 입고 먹는 것 외에는 모두 다른 사람과 함께했으니 능히 재물을 쓸 줄 아는 자에 성보만 한 이가 있겠는가? 세상에서 존귀하다고 불리는 사람들도 흔히 욕망에 휘둘리지만, 성보는 꾹 참고 이겨냈으니 어떤 용맹이 이와 같겠는가?

성보는 또 다른 사람의 충언을 잘 받아들여 옛 군자의 풍도가 있다. 그러나 받아들이고 나서는 다시 생각을 미루어 나가는 것이 필요하다. 생각을 미루어 나가다 보면 사리가 분명해져서 문제가 해결될 것이다. 성보는 그 마음으로 하여금 이것을 지켜 어기지 말게 하라.

我今可以成我成甫矣. 成甫屢遷其居. 或垣屋堅完, 花木斐亹可愛, 亦不吝情. 所以然者, 欲其後之勝前也. 若成甫遷于善如遷居, 則德可進矣. 第遷居, 人皆可見, 遷善則非徒人不知, 己亦不知, 惟天知之耳. 雖然, 遷而不擇, 則或誤入互鄕, 此不可不愼也. 成甫爲人坦蕩, 煩惱不掛於眉端, 冷炎不棲於胸次, 亦不識世間有機智事. 事或有不如意者, 卽不以厚自予, 以薄予人. 人亦安之, 歸以長者. 成甫貧弱書生, 而余謂之富且勇. 盖其一身衣食外, 皆與人共之, 能用財者, 孰如成甫? 世之號尊貴者, 多爲嗜欲所役, 成甫則忍而勝之, 何勇如之? 成甫又善受言, 有古君子之度焉. 然旣受復要繹, 繹則理明而事濟. 成甫其使思官, 守此勿失. _ 送許成甫序

—

　　　　　　　　혜환의 사위인 허만은 틈만 나면 좋은 곳으로 이사 가려 했다. 한창 사회적 성취를 위해 일해야 하는 나이에 좋은 집에만 온통 관심이 쏠려 있는 사위를 좋게 볼 장인은 예나 지금이나 많지 않다. 혜환 역시 멀쩡한 집을 두고 더 좋은 집을 보면 주저 없이 이사를 가는 사위가 마음에 들지 않았던 모양이다.

인생은 무엇에 빠지는가에 따라 운명이 결정된다. 여색에 빠지면 호색한이 되고, 학문에 빠지면 학자가 된다. 젊은 나이에 그깟 좋은 집에만 관심을 둔다면 종래에는 아무런 성취가 없을 수밖에 없다. 정말로 옮겨야 할 것은 거처가 아니라 선한 행동이나 마음이다. 그렇다고 바꾸고 달라지는 것만이 능사는 아니니, 잘못되면 사이비나 이단에 빠지기 쉽다. 옮기는 것도 중요하지만 잘 옮겨야 한다.

혜환이 사위의 사람됨에 대해 언급한 내용으로 미루어 보면, 그는 약아빠진 사람은 아니다. 인정도 있고 꿍하지도 않다는 등 이것저것 장점을 늘어놓고 있다. 앞부분에서 일단 따끔하게 할 말 다하고 뒤에 가서 슬쩍 사위를 치켜세운다. 장인과 사위 사이가 또 어렵다면 어려운 사이인 만큼 이런 억양의 방식에는 사위에 대한 배려를 깔고 있다. 그런 완곡하고 점잖은 충고라 해서 사위가 못 알아듣지는 않았을 것이다. 공격적인 비난이나 지적보다 완곡하고 점잖은 충고의 칼날이 더 매섭고 아프다. 자신의 충고를 받아들일 만한 그릇이 된다는 칭찬을 해서 그러한 충고를 받아들일 수밖에 없게 만드는 현명함이 인상적이다. 이러한 충고의 방식은 지금의 우리에게도 여전히 유효하다.

요즘은 어떤 사이든 싫은 이야기는 쉽게 하지 않는다. 스승과 선배가 제자나 후배를 위해 따뜻한 충고 한마디 제대로 하지 못하는 처지가 되었다. 대번에 인상을 쓰고 싫어하거나 쓸데없이 오해하는 일이 빈번하게 생기기 때문이다. 아무 말도 없으면 제가 다 잘해서 그런 줄 안다. 어른의 말은 그래서 소중하고 무겁다. 흐트러진 삶의 지침을 수정하는 것은 허울 좋은 자기반성이 아니라 남의 충고에서 시작된다. 따끔하지만 진심을 담은 충고이기에 내 딸의 남편, 그가 잘되기를 바라는 그 마음이 따스하게 느껴진다. 🝔

비웃는 자와 비웃음을 받는 자

사내가 세상에 태어났으면 응당 우뚝하게 스스로 서서 그 뜻을 펼쳐야
지, 어찌 차마 일곱 척의 몸을 과거 공부나 금전 출납부, 곡식의 장부
속에 파묻혀 살 수 있겠는가? 정鄭 일사逸士가 삼한의 아름다운 산수를
모두 보고 장차 바다를 건너 탐라에 들어가 한라산을 유람하려 하자,
이 소식을 들은 사람들이 그를 비웃었다. 속물근성이 뼛속 깊이 들어
간 자로서는 이 일을 비웃는 것이 당연하다. 그러나 수백 년 후에 비웃
은 자가 남아 있을까, 비웃음을 당한 자가 남아 있을까? 나는 알지 못
하겠다.

丈夫生世, 當卓然自立, 以行其志, 豈忍將此七尺, 埋沒於帖括冊錢穀簿
中耶? 鄭逸士盡觀三韓佳山水, 將泛海入耽羅遊漢挐山, 聞者笑之. 此
事, 俗根入髓者, 笑固也. 然數百年後, 笑者在耶? 見笑者在耶? 我不能
知. _送鄭逸士入海遊漢挐山

一

　　　　　　　　이 글은 정란鄭瀾(1725~1791)을 전송하며 준
글이다. 중국에 서하객徐霞客이 있다면 우리나라에는 정란이 있다 할 정도
로 유명한 여행가였다. 거칠 것 없는 성품으로 백두산에서 한라산까지 종횡
으로 유람한 인물이다. 남경희南景羲(1748~1812)는 「정창해전」鄭滄海傳(창해
는 정란의 호)에서 "성품은 뻣뻣하고 오만했으며, 다리를 쭉 펴고 앉기를 좋아
하는 등 예법에 얽매이지 않았다"라고 했다. 그는 처자식도 버려두고 여행에
모든 것을 건 인물이었다.

고단한 여행길에 대한 구구절절한 위로는 없지만, 지기知己를 이해하는 마음
만은 두텁다. 통상 송서送序에 담는 위로나 여정旅程은 과감히 생략했다. 사
람들은 과거 공부에 목숨을 걸고, 회계장부나 들춰 보다가 세월을 다 보내
버린다. 정작 떠난다고 말로는 떠벌리지만 단 한 발자국도 인생의 틀 안에서
탈주하지 못하면서도, 일상에 매이지 않고 자유롭게 사는 사람들을 도리어
비아냥거린다. 이 당시 정란은 웬만한 곳은 이미 다녀온 상태고 이제 곧 한
라산을 유람하려 했던 모양이다. 가정도 내팽개치고 유람에만 몸을 맡긴 무
책임한 가장이었으니 그를 두고 뒷말들이 많은 건 어쩌면 당연한 일이었다.
혜환은 이죽대는 그들에게 오히려 반문한다. "비웃는 사람이 남을 것인가?
비웃음을 당한 사람이 남을 것인가?" 누가 사람들의 기억과 역사에 남을 수
있을지 자신도 모르겠다며 슬쩍 발을 뺀다. 자신이 생각하는 정란을 남들도
기억하게 하고 싶었을지도 모른다.

한 번 뿐인 인생, 나대로 살다 죽으면 그만이다. 나에 대해 떠벌리는 그들이
내 삶을 대신 살아 줄 것도 아니지 않은가. 처성자옥妻城子獄, 즉 아내의 성

과 자식의 감옥에 갇혀 이것저것 재기만 하다가는 도돌이표 같은 생활에서 단 한 번도 벗어날 수 없다. 그렇게 일상은 견고하게 직조되어 있다. 지금 떠나지 않으면 영원히 떠날 수 없다. 🄟

넓은 세상에서 더 많은 것을

홍洪 대부大夫가 떠나려 할 때에 내게 글을 지어 달라 청했다.

내가 말했다.

"대부가 왕명을 받들었다면 상감의 신령함에 기댄 것이니 사행 도중에 걱정이 없을 터입니다. 게다가 대부가 평소에 공손교公孫僑와 계찰季札의 풍모를 지니고 있으니, 이번 행차는 오직 사신의 업무에 어긋나지 않을 뿐만 아니라 반드시 나라의 중요한 업무를 잘 처리할 것입니다. 대부가 연행 가는 사신이 안 되었다고 가정해 보십시오. 그 사이에 이런 부서에서 저런 부서로, 이런 관사에서 저런 관사로 옮겨 다니면서, 일과로 관아에 가서 몇 가지 송사를 판결하고 몇 가지 문서를 결재하며, 혹은 친구들과 어울리며 잘 지내는 데 지나지 않을 겁니다. 몸이 서울을 벗어나지 않는다 해도 말이나 수레를 타고 다니는 자취를 계산하면 거의 수백천리나 될 것이지만, 어찌 연경燕京에 들어가 온갖 나라의 사신들을 맘껏 보고 오면 기이하고 특이한 것이 옛날의 〈왕회도〉王會圖와 같이 사람의 심장과 눈을 장쾌하게 하는 것과 같겠습니까?"

대부가 말하길 "옳습니다" 하고는 수레를 내오라 해서 타고 떠났다.

洪大夫將行, 請余贈言. 余謂: "大夫旣奉命則憑君靈矣, 自無途路虞矣.
且大夫素有僑札風, 今行不惟不失辭, 定爲國重. 設令大夫不作行人, 其
間不過自某曹移某曹, 某司遷某司, 課日赴衙, 剖幾訟押幾牒, 或朋友過
從報謝. 身不出漢京, 而盡計其蹄轍之迹, 則亦且數百千里矣. 曷若入燕
都縱觀萬國, 執壤而來, 瓌奇詭特, 若古王會圖壯人心目也哉?" 大夫曰:
"然!" 進車乘之而去. _送洪大夫使燕序

一

　　　　　혜환은 4편의 연행燕行 송서送序를 남겼다. 연
행의 길은 대단히 멀고도 험난했다. 고된 어려움이 예견되기도 했지만, 이를
상쇄시키고도 남을 호기심과 설렘도 있었다. 첫 단락은 일반적인 덕담으로
이야기를 꺼냈다. 원문으로는 한 줄에 불과하다. 대부분의 송서류는 이러한
말들을 확장해 글 전체를 구성하곤 한다. 혜환은 남들이 하는 말은 아예 하
지 않거나 대폭 생략하기 일쑤다. 홍대부의 이력은 확인할 길이 없다. 다만
짐작할 수 있는 단서는 춘추시대 정鄭나라의 공손교公孫僑와 오吳나라의 공
자公子인 계찰季札의 풍모가 있다는 말밖에 없다. 계찰이 정나라에 갔을 때
공손교와 만나자마자 친구가 된 사실이 있었으니 좀스럽거나 꽉 막힌 사람
은 아니었던 것 같다.
그가 정작 하고픈 말은 두 번째 단락에 있다. 보통 떠나지 않는다고 뾰족한
일이 있는 것도 아니다. 이쪽저쪽으로 바삐 다니면서 공적인 일을 처리하고
친구들을 만나서 인사치레하는 것이 전부이다. 그런 바쁜 일상을 거리로 환

산해 보면 머나먼 연행의 길을 떠나는 거리와 다를 바 없다. 이곳에서 아무 짝에도 쓸모없는 일상적인 일에 휘둘려서 시간을 허비할 것인가, 아니면 새로운 볼거리로 넘쳐나는 연경에 갈 것인가 묻는다.

혜환의 말을 듣고서 홍 대부가 당장 떠날 결심을 하고 그 자리를 뜨는 것으로 끝을 맺었다.

글은 아주 짧은 편이다. 할 말만 하고 쓱 발을 뺀다. 홍 대부가 자리를 툴툴 털고 일어나 일순간 떠나는 장면에서 시원함마저 느껴진다. 혜환은 마무리를 촉급하고 간단하게 끝내서 여운을 극대화시키는 방법을 자주 사용했다. 홍 대부에게 준 글이지만, 사실 떠나고픈 자신의 마음도 함께 담았다. 결국 이 글에는 답답한 남인南人의 정치적 상황, 연경에 대한 호기심 등이 담겨져 있다. 그러나 정작 본인은 한 번도 연행의 기회를 얻지 못했다. 혜환이 유리창에 서 있었다면 그는 얼마나 기뻐했을까. 자꾸 그의 모습이 떠오른다. 朴

〈왕회도〉는 당나라 화가 염입본閻立本이 그린 〈사이조회도〉四夷朝會圖를 가리킨다.

"온갖 나라의 사신들을 맘껏 보고 오면"이라고 할 때의 해당 원문 '집양'執壤은 원래의 의미가 그 지방에 나는 토산물을 바친다는 뜻이다. 『서경』「강왕지고」康王之誥에 보면 "한두 신하가 양전을 바친다"(一二臣衛, 敢執壤奠)고 했다. 여기서는 각국의 사신이 천자에게 올리는 예품과 그 절차를 통틀어 지칭하는 것으로 보인다.

네 개의 고을로 세상을 다 다니다

모든 사람을 다 사귈 수는 없으므로 사우四友(가장 가까운 네 명의 벗)를 정한다. 모든 책을 다 읽을 수는 없으므로 사서四書를 먼저 읽는다. 많은 무리 가운데 뽑아서 그 요체를 얻는 것이다.

나의 벗 강정진姜廷進(강세선姜世選)은 우러러보아서는 두 수레바퀴 같은 해와 달의 빠름에 놀라고, 굽어보아서는 아홉 폭 지도 가득한 세계의 넓음에 찬탄하여 마음속으로 혼자 이렇게 말했다.

"장부로 태어나서 어찌 과일 씨만 한 곳에 안주하면서 틈새로 빠져나가는 망아지 같은 세월을 앉은 채 보낼 수 있겠는가? 내 다리 힘은 높은 곳에 오를 만하고, 자력으로 멀리까지 이를 수 있으며, 사내종은 식량을 지고 옮길 수 있다. 물에서는 배를 살 수 있고, 산에서는 가마꾼을 쓸 수 있다. 누가 나의 여행을 막을 것인가? 내 길을 나서서 원유편遠遊篇을 지으리라."

그런데 다시 이렇게 혼자 생각했다.

"나는 승려나 도사가 아니고 인간 세상의 윤리를 떠나지 않는 선비이다. 그런데 어찌 성묘도 제때 하지 못하면서 여행길에서 늙을 수 있겠는가? 세계는 말할 것도 없고 우리나라 또한 고을이 360여 개나 되니 다 다닐 수는 없는 노릇이다. 이에 그중에서 가장 경치 좋은 네 고을을 선택하여 유람하기로 했다. 또 단양 적성赤城에 들어온 이후에는 시내 하나, 골짜기 하나를 지날 때마다 또 하나의 세계가 열리곤 하니, 비록 다니는 고을은 넷뿐이지만 실제로는 인간세계와 산수 자연의 관람을 남김없이 다하는 셈이다."

人不可盡交, 故定四友; 書不勝盡讀, 故先讀四子; 是皆選於衆而得其要者也. 余友姜廷進氏, 仰而驚兩輪之速, 俯而歎九幅之廣, 心自語: "生爲丈夫, 寧能安處果核中, 坐送過隙之駒耶? 吾脚力可以登高, 自力可以及遠, 蒼頭奴可以負餱糧以徙, 水則買舟, 山則雇輿, 誰阻吾行? 吾可以出門賦遠遊篇矣." 復自念: "吾非緇黃, 不離倫物, 又安得老道路而曠省掃哉? 宇內勿論, 我東亦三百六十有餘郡, 不可以徧, 乃選其最勝者四郡遊焉. 且入赤城以後, 每過一谿一洞, 輒換一世界, 雖所遊之郡止四, 而其實極人間山水之觀矣." _姜廷進四郡記遊錄序

—

　　　　　현대사회의 성공 전략은 인간관계를 넓히는데 있다고들 말한다. 언제 어떻게 자신의 인생에 기회를 줄지 모르니 최대한 많은 인맥을 만들어야 한다. 휴대전화에 몇 백 개의 전화번호를 저장하고 엄청난 양의 명함을 효과적으로 정리하며 관계를 넓히기에 여념이 없다. 그런데 이렇게 많은 사람들과 관계를 맺으려 애쓰는 와중에 정작 가까워야 할 관계들은 점차 소원하고 공허해진다. 새로운 만남을 맺기보다는 옛 벗과의 관계를 돈독히 하는 편이 낫다는 옛 말이 새롭게 읽히는 것도 이 때문이다.

독서도 마찬가지다. 대학 입시에서 논술 시험과 입학사정관 전형이 강조되면서 교과서 이외의 독서량이 중요하다는 인식은 높아졌다. 그러나 여전히 서점에서 상종가를 치는 것은 결코 가볍지 않은 해설을 단 채 핵심 내용이 제시된 다이제스트 류의 서적들이다. 영화 『레미제라블』이 흥행하고 나서야 어릴 적 동화로 읽은 『장발장』이 전체가 아니란 걸 알게 될 정도로, 동서양의 고전마저도 그 원형을 접하지 않은 채 '독서량'만 늘어 가고 있다. 고전과의 진정한 만남이 주는 희열을 맛보기도 전에 이미 고전은 '누구나 알지만 아무도 안 읽는' 식상한 책이 되어 버린 것이다.

세계 여행의 문턱이 많이 낮아졌다. 책과 대중매체로만 접하던 곳에 직접 가볼 수 있는 기회가 많아지면서 보다 넓은 세계를 둘러보고자 하는 욕망도 커져 간다. 할 수만 있다면 많은 곳을 다니며 더 넓은 세상을 보는 것은 소중한 일이다. 해와 달을 쉼 없이 구르는 수레바퀴로, 가는 세월을 순식간에 담장 틈새를 빠져나가는 흰 망아지로 비유하는 오래된 표현이 참신하게 느껴질 정도로, 우리의 생은 살면 살수록 짧기만 하다. 이 짧은 생에 더 많은 것을 보려면 참으로 바삐 다녀야 할 것 같다. 그러나 남들 좋다는 곳을 최대한 다 담느라 빡빡해진 일정으로 다니다 보면, 결국 어느 것 하나 제대로 본 것 없이 풍경 엽서와 다를 바 없는 사진들만 남기 십상이다.

더 많은 이들을 사귀고자 하는 욕망, 더 많은 지식을 얻고자 하는 욕망, 더 많은 곳을 다니고자 하는 욕망에 비해 우리에게 주어진 삶은 너무도 짧다.

어찌해야 할까? 혜환은 벗의 입을 통해서 해법을 제시한다. 다름 아닌 '선택과 집중'이다. 얼마나 많은 이들과 사귀는가보다, 마음을 나눌 수 있는 진정한 벗 네 명이 있는가가 더 소중하다. 얼마나 많은 책을 읽는가보다, 사서 같은 고전을 읽음으로써 세상을 보는 눈이 뿌리부터 달라져 본 적이 있는가가 더 소중하다. 겨우 네 고을을 다니고서 인간세계와 산수 자연을 남김없이 관람했다고 말하는 것은 의도된 억지이다. 어떻게 이 억지가 진실이 될 수 있는가? 시내 하나, 골짜기 하나를 지날 때마다 또 하나의 세계를 발견할 수 있는 마음의 눈이 있어야 가능할 것이다. 다른 것으로 대치할 수 없는 자신만의 깊이, 그것을 통한 세계 인식의 확장이다. 木

네 고을(四郡)은 영춘, 단양, 청풍, 제천을 말한다. 이 글은 강세선姜世選의 『사군기유록』四郡記遊錄(취유록醉遊錄)에 부친 서문이다. 강세선은 『삼명시화』三溟詩話의 저자인 강준흠姜浚欽(1768~1833)의 백부다.

절반으로 전체를 읽다

옛날 어떤 사람이 꿈에서 너무나도 고운 미인을 보았다. 그런데 얼굴을 반쪽만 드러내고 있어 전체를 보지 못해서 상념이 맺혀 병이 되었다. 누군가가 그에게 "보지 못한 반쪽은 이미 본 반쪽과 똑같다"고 깨우쳐 주자 그 사람은 곧바로 상념이 풀렸다고 한다. 산수를 보는 것도 모두 이와 같다. 또 금강산은 산으로는 비로봉毘盧峰이 으뜸이고 물로는 만폭동萬瀑洞이 최고다. 이제 비로봉과 만폭동을 다 보았으니 절반만 보았다고 할 수는 없다. 음악을 듣는 것에 비유하자면, 순임금의 음악(초소招箾)을 듣는 데서 그치고 다른 음악은 듣지 않는 것과 같다.

昔有人夢見一姝艷甚. 而只露半面, 以未見其全, 念結爲病. 人曉之曰: "未見之半, 如已見之半." 其人卽念解. 凡看山水皆如此. 且楓嶽山以毘盧爲冠, 水以萬瀑爲最. 而今皆觀焉, 則未可謂之半也. 辟觀樂者, 招箾而止, 不觀他樂也. _題半楓錄

144

—

　　　　　　　　　　이 글은 혜환의 재치가 특히 돋보이는 글이
다. 어떤 사람이 금강산 전체를 유람한 것이 아니라 비로봉, 만폭동 등 몇 군
데 지점만을 기록한 글에 제사題辭를 붙여 달라 청했다. 부탁한 사람도 아마
자신의 기록을 마뜩찮아 하며 쑥스럽게 내놓았을 것이다.

혜환은 뜬금없이 미인의 이야기로 운을 뗀다. 미인의 얼굴 절반만을 보아서
병이 난 사람에게, 이미 본 절반이 다른 절반과 다름없다는 말로 위로했다는
내용이다. 그리고 이어서 금강산에서 비로봉이나 만폭동을 보았다면 거의
다 본 것이나 매한가지여서 너무 안달할 필요가 없다고 했다.

어차피 한정된 시간 속에서 모두 다 읽고 모두 다 볼 수는 없다. 그중에 정
수精髓를 보았다면 나머지는 보지 않아도 다 본 것이나 마찬가지인 셈이다.
전체를 다 보아야만 직성이 풀린다면 오히려 참다운 공부에 방해가 된다. 부
분에서 전체를 읽을 수 있는 통찰력, 그것이 필요하다. 朴

기록을 다 믿는다면

중화(華) 바깥을 모두 이夷라 하는데, 이夷에는 동서남북의 네 가지가 있다. 이 책은 그 가운데 '동'東을 가장 앞에 두었고 '동' 가운데 마한馬韓을 첫머리로 삼았다. 그런데 그 물산과 민속에 대한 기록을 보면 괴상하고 추악하여 아무런 근거도 없을 뿐 아니라, 황당한 내용이 많은 동사東史에도 기재되지 않은 것들이다. 그러니 서쪽 대식국大食國에 아이 얼굴이 열리는 나무가 있다는 이야기며, 남쪽 미복尾濮 사람들은 노인을 죽여서 그 요리로 손님을 대접한다는 이야기, 북쪽 오환烏桓에서는 사람이 죽으면 기르던 개를 함께 순장한다는 이야기 같은 것들이 어떨지는 미루어 알 수 있다. 맹자는 "『서경』을 다 믿는다면 『서경』이 없는 것만 못하다"고 말씀하셨는데, 그 뜻이 참 깊도다!

外華皆謂夷. 夷凡有四. 此以序先東, 東又首馬韓. 而記其物産民俗, 則詭異醜悖, 非唯於今無徵, 雖東史之多荒唐, 而亦未載焉. 然則其它若大食之樹上生兒, 尾濮之殺老供賓, 烏桓之以犬殉葬云者, 可推知矣. 孟子曰: "盡信書, 不如無書." 其旨深哉. _跋夷俗考

—

문자로 기록되어 전한다는 것은 그 자체로 힘을 지닌다. 특히 남아 있는 문헌이 매우 드문 고대의 역사나 가 볼 수 없는 먼 지역의 이야기 같은 경우, 그에 관한 기록이 있다면 그야말로 소중한 정보가 아닐 수 없다. 이전과는 비교도 안 될 만큼 엄청난 양의 책이 쏟아져 나오고 누구나 쉽게 컴퓨터 출력을 할 수 있게 된 오늘날에도, 일단 인쇄되어 출판된 책은 여전히 묘한 힘을 지닌다. 키케로의 저서를 펼칠 때마다 경건하게 키스하곤 했다는 인문주의자 에라스무스처럼은 아니더라도, 문자로 기록되어 인쇄된 글은 왠지 불변적이고 결정적인 것이리라는 기대를 가지게 한다.

그러나 너무도 당연한 말이지만, 기록은 한 시대, 한 작가에 의한 역사적 산물이다. 따라서 기록에서 소중한 정보를 취함과 동시에, 수사修辭의 꺼풀을 감안할 줄 알고 그 한계와 오류까지 읽을 수 있어야 올바른 읽기라고 할 수 있다. 입만 열면 『시경』과 『서경』 두 책을 인용하곤 했던 맹자가 "『서경』을 다 믿는다면 『서경』이 없는 것만 못하다"라는 도발적인 말을 한 뜻도 여기에 있을 것이다.

이 글은 『이속고』夷俗考라는 책 뒤에 붙인 발문이다. 『이속고』는 중국 송宋나라 방봉方鳳의 저작이다. 오랑캐의 풍속 가운데 중국과 다른 것을 기록한다는 내용의 짤막한 서序가 있고, 그 뒤로 동·서·남·북의 네 부분으로 편찬되어 있다. 총 3천 자가 채 안 되는 적은 분량의 책으로, 명말明末 진계유陳繼儒의 『보안당비급』寶顔堂秘笈에 수록되어 전한다.

그런데 이 책의 내용, 정말 황당하기 그지없다. 대개 이런 식이다.

대식국 바다 가운데 네모난 돌이 하나 있는데 그 돌에는 붉은 가지에 푸른 잎의 나무가 있다. 그 나무에 6~7촌 크기의 어린아이 열매가 열리는데 사람을 보면 말은 하지 못하지만 웃을 수 있다. 사람이 따려고 손을 대면 검게 말라 버린다. (『이속고·서西』)

미복의 오랑캐는 몸에 3~4촌 길이의 꼬리가 있다. 앉으려면 먼저 땅을 파서 굴을 만들어 꼬리를 편안히 넣는데, 꼬리가 꺾이면 죽는다. 사람을 먹을 수 있으며, 어미는 알지만 아비는 누구인지 모른다. 손님이 오면 노인을 죽여서 그 요리를 대접하니, 손님 대접이 있거나 혼삿날이 정해지면 노인들이 반드시 운다. (『이속고·남南』)

오환국에서는 혼전에 100일 동안 사통私通을 한 후에 혼례를 치른다. 사위가 신부의 집에 이르면 아침마다 그 아내에게 절을 하지만 아내의 부모에게는 절을 하지 않는다. 처가의 종이 되어 1~2년 동안 일을 해주어야 처가에서 비로소 후대하고 딸을 보내 준다. 모든 일은 오로지 아내의 말만 따라 행한다. 어버이가 죽으면 노래 부르고 춤추며 염하고는 함께 지내던 개를 태워서 죽은 이의 의복, 기물과 함께 순장殉葬한다. (『이속고·북北』)

굳이 『서경』에 대한 맹자의 언급을 끌어오지 않아도, 황당하기 이를 데 없는 이야기들을 모아 둔 책이라는 것을 책장만 열면 쉽게 알 수 있다. 따라서 단순히 기록의 한계성을 이야기한 맹자의 말에 대한 깨달음을 말하려는 데서 혜환의 의도가 그친다면, 이 글은 싱겁기 짝이 없다. 황당함을 인정하면서도 굳이 이 책을 읽고 발문까지 쓰며 존재를 남기는 데는 단순한 호사 취미 이상의 의식이 담긴 것으로 보인다.

'이속'夷俗이란 중화 바깥 이민족들의 풍속이라는 뜻이다. 그것을 신기한 이야기로 다룬 이 책 자체가, 중화 문화 이외에는 모두 미개로 치부하는 뿌리 깊은 중화 의식의 산물이다. 혜환은 자신이 그 가운데 마한을 비롯한 '동이' 東夷의 후예라는 것을 잘 알고 있었다. 이 논리대로라면 대식국이며 미복, 오환의 황당한 이야기 속에서 동이의 자의식이 설 자리는 어디인가? 이 책에 대한 혜환의 짧은 발문은 은근히 이를 문제 삼고 있다. 그러나 중화 문화의 세례를 입은 혜환의 문제의식이 어디까지 이르렀을지는 의문이다.

인류학이 근대 학문의 하나로 자리 잡으면서 서구 유럽만이 보편이고 지구상의 모든 인종, 모든 문화들이 특수로 치부되어 온 것도, 그리고 그러한 시각의 부당함에 대한 다양한 비판이 쏟아진 것도, 모두 이미 지난 세기의 일이다. 오늘 변방에서 여전히 서구 근대 문명에 대한 선망과 비판의 양가적 반응을 오가는 우리는, 혜환에 비해 얼마나 자유로운가? 宋

두미호에 출몰한 용

무술년 봄, 두미호斗尾湖에 용이 있어 이따금 나타난다는 말이 있었다. 서울 사람 중에 소문을 듣고 가 본 사람도 있었다. 뒤에 두미호에 사는 사람에게 물어보니 말짱 거짓말이었다.

　이해 겨울에는 얼음이 얼지 않았다. 그런데 어떤 이는 지난 무술년 겨울에도 얼지 않았다고 하고, 또 다른 이는 얼었다고도 한다. 가깝기로는 50리요, 멀기로는 겨우 60년밖에 안 되는데도 이처럼 믿기 어려운데, 하물며 외국의 일이나 전 세대의 일에서랴? 그러므로 『서경』을 다 믿는다면 『서경』이 없는 것만도 못하다"라고 말씀하신 것이다.

戊戌春, 有傳斗尾湖有龍, 時時出見. 京中人, 亦有聞而往者. 後問于湖人, 則訛言也. 其冬无氷. 或言往戊戌冬亦然, 或言不然. 近爲五十里而遠纔六十年者, 亦難憑信, 矧事在外國前代者乎? 故曰："盡信書, 不如無書." _ 偶記

一

　　　　　　　　두미호에 출몰한 용의 이야기를 들은 시기는 1718년 무술년으로 보인다. 이 글을 쓴 때는 그로부터 60년의 세월이 흐른 1778년 무술년이니 당시 혜환의 나이 71세로, 말년에 쓴 글이다. 매우 짧은 편폭의 작품으로 혜환의 구기口氣를 전형적으로 잘 보여 준다.

서두에서 뜬금없이 두미호에서 출몰한 용의 소식을 말한다. 60년 전에 두미호에서 용이 나왔다는 소문 때문에 서울에서 직접 용을 보려고 가 본 사람들도 있던 모양이다. 나중에 그곳에 사는 사람에게 확인해 보니 터무니없는 거짓말이었다.

올해 겨울에는 얼음이 얼지 않았다. 이것은 아주 가깝고도 분명한 사실이어서 사람들 기억 속에 남아 있다. 그러나 60년 전 겨울에 얼음이 얼었는지, 얼지 않았는지에 대한 기억은 사람마다 다를 수밖에 없다. 두미호라면 지금의 두물머리로 기껏해야 서울에서 20km밖에 떨어져 있지 않고, 그때의 일도 불과 60년밖에 지나지 않았다. 이러한 일들도 사람마다 기억이 각자 다른데, 하물며 머나먼 외국이나 앞선 세대에서 벌어진 일의 진위를 확인하는 일이 어디 쉽겠는가.

세상에 기이하다고 알려진 것들은 무수히 많지만, 그중에 진짜 기이한 것은 얼마나 될까? 이 글은 수십 수백 년 동안 실체도 없이 이야기만 분분한 네시호의 괴물 이야기를 연상시킨다. 실체가 없어도 소문과 추측은 또 다른 실체를 만들 수 있고, 사람들은 부풀려진 그 이야기들을 별 저항 없이 믿곤 한다. 혜환은 이 글에서 무엇을 말하고자 하는 걸까? 옛날엔 그랬다더라 하는 것 중에 옛날과 같은 것은 얼마나 될 것이며, 지금 우리가 확인할 수 있는 것은 또 얼마나 될까? 사람들은 평범하고 일상적인 것에는 관심이 없다. 그런 일상에 대한 나른함과 권태로움이 신화神話와 우상偶像을 만드는 데 한몫을 하며, 그것이 진실을 호도하거나 억압의 기제로 작용하기도 한다. 어쩌면 그는 옛날의 전범典範을 찾는 일도 실체가 없는 용을 찾는 일처럼 공허한 일이 될 수도 있다는 말을 전하고 싶었는지도 모르겠다. ㈜

괴상한 이야기에 대한 정말 괴상한 이야기

저승과 이승은 하나의 이치이다.

　고금에 전하는 모든 놀랍고 괴이하며 비현실적이고 믿기 어려운 일들이 모두 다 있었다고 말할 수는 없겠으나, 그렇다고 모두 다 없는 일이라고 말할 수도 없다. 풀이 썩으면 반디가 생겨나고 애벌레가 허물을 벗으면 매미가 된다. 이는 사람들이 늘 보는 현상이다. 그러나 수련을 쌓아서 신선이 된다거나 성품을 다스려 부처가 된다고 하면 믿지 않을 뿐 아니라 때로 달려들어 왁자지껄 비난하고 배척한다. 이 얼마나 잘못된 일인가!

　그러나 또한 깨우쳐 줄 수 있는 한마디 말이 있다. 만약 하루살이에게 영생하는 거북과 학에 대해 말해 주거나, 개미에게 엄청나게 큰 낙타와 코끼리가 있음을 알려준다면, 저들은 반드시 해괴하게 여겨서 서로 돌아보며 이렇게 말할 것이다. "아침에 태어나 저녁에 죽고, 한 줌 흙덩이를 온 나라로 삼는 것이 정상이다. 이것을 벗어난 것은 모두 허망한 것이다." 이는 다른 이유가 아니라, 생각의 크기는 미치지 못하면서 가로질러 억측하기 때문이다.

아! 사람의 생각은 선으로 갔다가 악으로 갔다가 하여 왕래가 일정하지 않으니, 이것이 바로 윤회의 씨앗이다. 사람의 의식은 잠깐 사이에 일어났다가 잠깐 사이에 사라져서 생멸이 일정하지 않으니, 이것이 생사의 근본 원인이다. 이는 진실로 모두 현존하는 일이다. 이를 가지고 유추해 보면, 저승이 없이는 세상의 이치가 통할 수 없다. 그러니 이 『유이록』幽異錄에 실린 내용을 법칙이나 상식으로 묶고 가두어서 하나같이 엉터리라고 치부할 일은 아니다. 이에 발문을 지어서 밝혀 둔다.

찌는 듯이 무더운 여름날에 갑자기 구름이 생겨나서 세찬 바람에 소낙비가 내리니, 날짐승들은 두려워 숨어 버리고 대나무는 부대껴 울부짖는다. 아마도 내가 입을 열고 붓을 놀려서 신비로운 일을 말하고 괴이한 것을 기록하여 조화의 비밀을 드러내서 그런 것이 아닐까 하는 생각에 함께 적는다.

幽明一理也. 古今所傳, 諸驚怪幻詭之事, 雖不敢謂之盡有, 亦不得謂之盡無. 夫草腐而螢, 蜻蛻則蟬, 人所恒覩. 而至於鍊形得仙, 繕性成佛, 則非唯不信, 又從而群噪非排之, 何其謬哉! 雖然, 亦有一言而可以喩解者, 今若語蜉蝣以龜鶴之永, 告螻蟻以馳象之巨, 則彼必駭然相顧曰: "朝生而暮死, 國于一抔之壤, 常外此則皆妄也." 是亡它, 以其意量之所不及, 而徑臆之也. 噫! 人之情念, 或之善, 或之惡, 往來不常, 便是輪廻種子; 神識焂而作, 焂而息, 起滅無定, 此爲生死根因, 而固皆見在事也. 類而推之, 亡幽弗通矣. 然則是錄所載, 不可縛法局聞, 而壹以何樓之也, 故爲作跋語以釋之. 時方夏炎赫, 忽雲作峻風急雨, 禽鳥怖竄, 竹木叫鳴, 豈爲

□ □ 開口弄筆, 談玄志怪, 發造化之秘而然耶? 因幷記之. _題幽異錄後

—

　　　　　　　　　공자는 괴상함, 무력, 패란, 귀신을 말하지 않
았다고 한다. 괴상함보다는 정상적인 것을, 무력보다는 인덕을, 패란보다는
순치를, 귀신보다는 사람을 더 중요시하셨기 때문이다. 그런데 혜환은 저승
의 괴상한 이야기를 모아 놓은 책을 읽고 느낀 바가 있어서 메모를 남겼다.
이른바 괴상한 이야기에 대한 변명이다.

괴상함은 일상의 경험 세계에서는 거의 일어나지 않기 때문에 괴상함이 된
다. 그러나 그 괴상한 일이 자주 일어나면 더 이상 괴상하다는 말을 하지 않
는다. 애벌레가 매미로 변하는 것처럼 신기한 일이 어디 있는가? 그러나 우
리는 이를 두고 괴상하다고 하지 않는다. 그 법칙을 알고 있다고 생각하기
때문이다. 귀신 이야기 역시 우리의 무지에서 생겨난다. 우리가 이승과 저승
을 꿰뚫는 하나의 이치를 알게 된다면, 귀신 역시 더 이상 괴상한 이야기가
아닐 것이다.

어떻게 이런 생각이 가능한가? 이승과 저승, 보이는 것과 보이지 않는 것이
하나로 연결되어 있기 때문이다. 해는 동쪽에서 떠서 서쪽으로 지고 나면 보
이지 않지만 그 사이에도 하나로 이어져서 다음 날 아침에 동쪽에서 떠오른
다. 우리 눈에 보이지 않는다고 해서 해의 운행이 멈추는 것은 아니듯이, 우
리가 보지 못한다고 해서 저승이 없는 것은 아니다. 보지 못한다고 해서 부
정해 버린다면 코끼리의 존재를 부정하는 개미나 하루 이상의 시간은 상상

도 못하는 하루살이와 뭐가 다르겠는가? 그런 의미에서 이승과 저승, 생과 사는 서로 씨앗이 되고 원인이 되는 것이다.

괴상한 이야기를 변명하기 위한 이 괴상한 논리를 통해 혜환이 말하고 싶은 것이 무엇일까? 공자를 부정하고 저승의 세계를 탐구해야 함을 강조하는 것일까? 그러기엔 생사의 비밀을 깨닫고 그것을 누설한 자신 때문에 천지자연이 놀라는 것 같다는 낙차 큰 마무리가 조금은 장난스러워 보인다. 저승의 괴상한 이야기를 강조하기 위해서라기보다는, 우리 인간의 인식이 얼마나 보잘것없는지를 말하려는 것이 아닐까? 하루살이가 하루를 넘어서는 시간을 이해할 수 없듯이, 법칙과 상식에 갇힌 인간은 그것을 벗어나는 것을 한 치도 이해하려 하지 않는다. 그러나 코끼리와 낙타가 개미의 인정과는 무관하게 존재하듯이 인간의 법칙과 상식을 넘어서는 것들도 존재함을 받아들여야 한다. 인간의 생각과 의식이란 그 사이에서 잠시 명멸하는 것에 불과하다. 자칫 자신이 안다고 생각하는 것에 갇혀 살면서 짧은 생각으로 너무 많은 것을 억측하곤 하는 오늘 우리에게도 여전히 의미 있는 일갈이다. 木

좋은 꽃은 빨리 시든다

이처럼 재주가 뛰어난 사람이 명이 짧아 죽었으니, 애석하도다! 그러나 재주는 없으면서 늙도록 수를 누린들 3만 6천 일 동안 곡식이나 갉아먹는 벌레에 불과하리니, 무슨 보탬이 되겠는가. 아! 채색 구름은 쉽게 사라지고, 좋은 꽃은 빨리 시든다. 그러기에 사람들이 두고두고 그것을 생각하게 되는 것이다. 그렇지 않다면 많이 보아서 식상해지고 말 것이다.

人有如此才而短命死, 惜哉! 然使無才而老壽, 不過爲三萬六千日物徒蝗蚕耳, 亦何益也. 噫! 彩雲易滅, 好花早萎, 故人常留想. 不然, 看多自成故矣. _題茶花齋集

一

　　　　　　요절한 인물이 남기고 간 문집에 써 준 글이다. 재주 있는 인물이었기에 애석함이 크다. 그러나 짧게 살고 갔기에 더 많은 이들의 기억에 남아 있을 것이라는 말이 죽은 이에게 무슨 위로가 될 수 있을까. 오히려 별다른 재주도 없으면서 100년을 사는 삶이 무슨 의미가 있겠느냐는 말이, 살아 있는 이들의 뇌리에 와서 박힌다.

왜 좋은 것들은 쉽게 사라져 갈까? 평범한 이들의 소박하고 아기자기한 삶들이 내려앉아 있어 아름답던 골목길들이, 잠시 눈길 주지 못한 사이에 이미 흔적조차 없이 사라져 있다. 봄날 따스한 햇살 받으면 나른하게 빛나던 장독대의 항아리들 역시 우리 눈에서 사라진 지 오래다. 음식 맛있고 주인 정 깊어서 사는 이야기들로 늘 북적거리던 식당도, 꽤 오래 버틴다 싶다가 어느새 다른 이름으로 바뀌어 있다. 무엇보다도, 젊음! 그 찬란함이야말로 진정 그러하다.

그런데 정말 그럴까? 좋은 것이라서 빨리 사라지는 것일까? 쉬이 사라져 버리기 때문에 좋은 것은 아닐까? 아무리 좋은 것이라도 아무 때고 늘 볼 수 있으면 그저 그런 것이 되고 만다. 사랑도 그렇다. 명대明代 작가 원굉도袁宏道는 버림받은 여인의 목소리를 빌어 이렇게 노래했다.

> 많이 보다 보니 식상하게 되어 버린 것이지, 정말 늙어서 그런 것만은 아니겠지요. 다 피어 버린 꽃보다 첫 풀싹 돋을 때가 더 아름다운 것처럼.
>
> 看多自成故, 未必眞衰老. 譬彼後開花, 不若初生草.

「첩박명」妾薄命이라는 시의 부분이다. 혜환은 이 말을 다시 가져오되, 원망 대신 그리움을 담아냈다. 죽은 이를 위한, 그리고 사라져 가는 모든 아름다운 것들에 대한, 끝 모를 그 그리움. 末

겨울밤의 무지개와 날개 달린 푸른 호랑이

늙은이가 할일이 없어, 둘러앉은 손님들에게 평소 듣고 본 기이한 것을 말해 보게 했다. 그러자 한 손님이 말했다.

"어느 해 겨울, 날씨가 봄처럼 따뜻하더니 갑자기 바람이 일고 눈이 내리다가 밤이 되어서야 눈이 그쳤는데, 무지개가 우물물을 마시는 것이었습니다. 마을 사람들이 놀라 떠들썩했지요."

또 한 손님이 말했다.

"전에 어떤 떠돌이 중에게 들은 이야기입니다만, 깊은 골짝에 들어갔다가 한 짐승과 마주쳤는데, 호랑이 같은 몸이 푸른 털로 덮였으며 뿔이 났고 날개를 가진 것이 어린아이 같은 소리를 내더랍니다."

나는 이런 따위의 것은 허황한 말이라 믿을 수 없다고 생각했다.

다음 날 아침, 한 젊은이가 찾아와 인사하고는 시를 선물했다. 성명을 물으니 이단전李亶佃이라 하기에, 그 특이한 이름에 의아했다. 시집을 펼치자 빛나고 괴이하며 뭐라 말할 수 없이 들쭉날쭉하여, 생각의 범위를 훌쩍 벗어나는 점이 있었다. 비로소 두 손님의 말이 허황한 것이 아니라는 것을 믿게 되었다.

老人無事, 使坐客, 說平生奇觀·異聞而聽之. 一客云:"某年冬暖如春, 忽風作雪下, 入夜雪止, 虹飮于井, 村人驚起噪焉." 一客云:"曩有行脚僧言, '曾入深峽遇一獸, 虎軀綠毛, 角而肉翅, 聲如嬰兒.'" 余謂是近誕說不可信. 翌朝, 有一少年子來謁, 以詩爲贄. 問其姓名曰李宣佃, 已訝其異乎人之命名, 及開卷, 光怪陸離難狀, 有出思慮之外者, 始信二客之說, 非誑也. _題霞思稿

—

　　　　　　　　　처음 보는 젊은이가 자신의 시를 들고 왔다. 스스로 천한 출신임을 표방하는 이름부터 특이하더니만, 시집을 펼쳐 읽어 나가자 기이하고 새로운 언어와 이미지들이 책을 뚫고 튀어나온다. 예기치 않은 발견이다. 이 놀라움과 기쁨을 어떻게 표현할 수 있을까? 참으로 기이한 작품이라고 말로 표현하는 것만으로는 이 시집의 기이함을 제대로 드러낼 수 없겠다.

그러고 보면 세상에는 믿을 수 없는 일들이 있다. 사람들은 자기가 보고 들은 기이한 일들을 이야기하지만, 아무리 그럴듯하게 이야기해 보았자 이성적으로 생각해 보면 말도 안 되는 일들일 뿐이다. 그 가운데 가장 황당하고 믿을 수 없는 일이 무엇이 있을까?

무지개는 비와 햇빛이 있어야만 볼 수 있다. 비가 아닌 눈, 햇빛이 없는 밤에는 볼 수 없는 것이 무지개이다. 그런데 어느 해 겨울밤에 우물물을 마시는 무지개를 여러 사람이 봤다고 한다. '물을 마시는 무지개'의 이미지는『전한

서』에 이미 상서로운 징조로 언급되었고 두보를 비롯한 많은 시인들이 즐겨 사용한 표현이다. 이 특이하지만 알고 보면 식상한 표현이 겨울, 그리고 밤이라는 배경을 만나면서 다시 특이함을 획득한다. 겨울밤 우물물을 마시는 무지개, 이채롭고 환상적인 장면이긴 하지만 현실에선 도무지 있을 수 없는 일이다.

더 황당한 것은 우리가 본 적 없는 동물에 대한 이야기이다. 푸른 털이 난 호랑이, 게다가 뿔을 달고 날개를 가진 호랑이. 최고의 지상 동물인 호랑이가 천상으로 향하는 날개를 지녔다니, 그야말로 멋진 일이다. 거기에 푸른 털이 만들어 내는 신비로움, 아기 울음이 부여하는 원초적인 신성성까지 더해졌다. 그러나 날개 달린 호랑이 역시 상상에만 존재할 뿐, 그걸 봤다고 하는 말은 도무지 믿을 수 없다. 게다가 정처 없이 떠돌아다니는 중의 말이 아닌가. 그래, 이처럼 도저히 믿을 수 없는 기이한 일들마저 갑자기 그럴 법할 수도 있겠다고 여겨지게 만들 정도로 기이한 작품이라고 한다면, 이 시집의 놀라움을 조금은 표현할 수 있겠다. 달리 더 무슨 말이 필요할까. 木

이단전李亶佃(1755~1790)은 자가 운기耘岐·경부耕夫이고 호는 필한疋漢·인재因齋로, 여종의 아들로 태어났는데 아비는 누구인지 모른다. 우의정 유언호 집의 종으로 있으면서 양반 자제들의 어깨너머로 문자와 시를 배워 두각을 나타냈다고 한다. 시가 워낙 뛰어나서 그를 아끼는 사대부들도 많았지만 본인은 안하무인의 기이하고 광적인 행적을 일삼은 것으로 유명하다. 단전亶佃이라는 이름에 혜환이 놀란 이유는, '진짜 머슴'이라는 뜻이기 때문이다. 호로 삼은 필한疋漢을 파자破字하면 '下人漢' 즉 '하인 놈'이라고 풀이되며, 경부耕傅라는 자 역시 '밭 가는 사내'라는 뜻이다. 이 글은 그의 시집『하사고』霞思稿에 써 준 서문이다.

시인의 자리

남의 시문에 서문을 써 주려면 먼저 그 관직과 문벌을 묻는다. 문벌이 대단하고 관직이 높으면 양한兩漢이니 삼당三唐이니 하는 말로 추어올리고, 그렇지 않으면 매미소리나 벌레울음 같이 여긴다. 요즘에 시문집 서문치고 훌륭한 것이 드문 것은 이 때문이다.

나는 이와 다르다. 오직 그 작품만을 보고서 평가한다. 마치 경비가 삼엄한 시험장에서 과거 답안을 평가하는 것처럼 말이다. 내 안목이 미치지 못하는 경우는 있을지 몰라도, 선입견 때문에 나의 감식안을 어지럽히는 법은 없다.

지금 이 원고를 보건대 대개 자기 나름대로 운용하고 자기 나름대로 귀하게 하고자 한 것이다. 옛날의 대가를 흉내 내거나 빌붙지 않고, 참다운 소리와 참다운 색, 참다운 맛을 지니고 있다. 비유하자면 마치 좋은 차에는 용연향龍涎香이나 사향麝香을 넣지 않아도 그 자체로 참다운 향이 나는 것과 같다.

아! 조물주가 이 사람을 대하는데 아마도 마음을 꽤나 썼겠구나. 춘관春官(예조禮曹)의 초시에 열 번이나 들고도 문과에 급제하지 못하더니만 한번 대궐에 오르자 포상을 받는 성은聖恩을 입었다. 양반의 서열에는 자리가 없었으나 시인의 단상에서 한자리를 차지했으며, 타고난 운명에는 녹봉이 없었으나 산수의 맑은 복을 누렸다. 어느 것이 더 가치 있는지에 대해서는 제대로 판단해 줄 이가 있으리라.

그는 그저 외로이 왔다가 홀로 갈 뿐, 세상에 알려지기를 구하지 않는 사람이었다. 그러므로 세상 또한 그가 가진 바를 다 알지 못한다. 훗날 만약 성품과 기질이 같은 사람이 있어 시문을 통해 그를 만나 서로 감동하고 끌려서 인연의 붉은 실로 영혼의 교분을 맺게 된다면, 그때에야 비로소 그의 감추어진 오묘함이 드러날 것이다.

將序人詩文, 而先問其官位世閥, 華顯則奉兩漢三唐以獻之, 否則等之于
蟬鳴虫吟, 此近世集序之絶少佳者也. 余則異於是, 只就其所作而定評,
如鎖院考試, 雖或眼力有所未及, 而無先在方寸中以眩我之鑑者. 今閱此
稿, 盖欲自運·自貴者, 不摸疑依附于古昔大家, 而有眞聲·眞色·眞味,
譬如好茶不雜龍麝, 自有眞香也. 噫! 造物之處此人, 盖費心思矣. 十上
春官, 而不第; 一登天陛, 而蒙褒. 班中無座, 而據詞壇一席; 命中無綠,
而享林泉淸福. 其得失輕重, 當有辨之者矣. 第其爲人, 孤來獨往, 不求
知於世, 故世亦不能盡知其所有. 他時, 若有性氣同者, 與遇於紙上, 相
感相引, 起靈絲而合神契, 則其秘奧必露矣. _壯窩集序

—

　　　　　　　　　　여기 한 사람이 있다. 내세울 만한 집안 출신
도 아니고 남들이 우러러볼 만한 지위에 오르지도 못했다. 아니 그럴 수 있
는 가능성 자체가 거의 막혀 있는 중인 신분을 숙명으로 타고났다. 뛰어난
재주와 학식을 지녔지만 양반을 중심으로 돌아가는 사회의 벽은 너무 높았
다. 조물주조차도 이 불우한 천재를 대하는 일이 편치는 않았으리라. 초시初
試에 합격해서 실력은 인정받을 수 있었지만 벼슬길에 오를 가능성은 애초에
차단되어 있었다. 그런 줄 알면서도 응시하고 또 응시해서 초시에 합격한 것
만 열 번. 그러나 양반의 관직 서열 어디에도 그의 자리는 없었다.
관직의 자리는 그에게 주어지지 않았으나 시인의 자리는 그의 것이었다. 그
자리에서는 굽실거려야 할 고관대작도 없고 신경 써야 할 이목도 없다. 시인
의 자리에서까지 남들처럼 대가를 흉내 내는 일에 매일 일은 없다. 그 좋고
귀하다는 용연향이니 사향이니 하는 것이 무슨 소용이 있겠는가. 그저 나름
의 방식으로 지으면 나름의 향기가 날 뿐. 거기 담긴 참됨을 귀하게 여기고
사랑하면 그만이다. 누가 알아주기를 바랄 이유도 없다. 그저 외로이 왔다가
홀로 갈 뿐……
여기 또 한 사람이 있다. 양반은 양반이지만 중앙 정계에 진출할 수 있는 가
능성 자체가 거의 막혀 있는 남인으로 태어났다. 오히려 양반이기에, 평생을
주변인으로 살아가야 한다는 사실이 더욱 고통스럽다. 재야의 문형이라 불
릴 만큼 뛰어난 문학적 재능과 남을 깜짝 놀라게 할 만한 학식을 지녔지만,
거기에 값할 만한 사회적 지위는 그와 거리가 멀다. 그러기에 그는 출신이
나 지위가 시인을 평가하는 기준이 되는 세태를 그대로 용인하지 못한다. 남

녀의 인연을 맺어 준다는 신비한 붉은 실처럼, 눈에 보이는 현실에서는 찾을
수 없는 영혼의 교감을 통해 이 불우한 시인을 알아줄 짝이 나타나 주기를
간절히 바라며 서문을 써 준다. 그에게 있어서 문학은, '영원히 잊힘'의 두려
움에서 놓여날 수 있게 하는 마지막 보루이다. 그의 자리는 어디인가? 木

혜환이 서문을 써 준 『장와집』壯窩集은 이성중李聖中의 문집이다. 중인층 문
인들의 시를 모아 편찬한 『풍요속선』風謠續選에 이성중이 노년에 어전에서
글을 읽는데 목소리가 하도 우렁차서 왕이 장壯하다고 말한 것으로 인해 호
를 죽와竹窩에서 장와壯窩라고 고쳤다고 한다. 초시에 열 번이나 합격한 것
으로 유명하다.

진정한 소유

시문에는 남을 따라서 견해를 펴는 경우도 있고 독자적으로 견해를 펴는 경우도 있다. 남을 따라서 견해를 펴는 경우야 낮은 수준이어서 논할 것도 못 되지만, 독자적으로 견해를 펴는 경우라 하더라도 고집과 편견이 섞여 있지 않아야만 '진정한 견해'(眞見)가 되는 것이고 또 반드시 '진정한 재주'(眞才)로 이를 보완한 뒤에야 비로소 성취를 거둘 수 있는 것이다.

내가 그런 작가를 구한 지 여러 해 만에 송목관松穆館 주인 이우상李虞裳 군을 얻게 되었다. 이 군은 시문의 도에 출중한 식견과 현묘한 구상이 있었으며, 또 먹을 금처럼 아끼고, 시구를 단약丹藥처럼 단련하여, 붓을 한번 종이에 대기만 하면 세상에 전할 만한 시문이 되었다. 그러나 세상에 이름이 알려지기를 구하지 않았으니 이는 세상에 그를 알아줄 만한 사람이 없기 때문이었고, 또 남을 이기기를 구하지 않았으니 자신을 이길 사람이 없기 때문이었다. 오직 간혹 나에게 시문을 꺼내 보여 주고는, 도로 상자에 넣어 단단히 감추어 놓을 따름이었다.

아! 품계란 밟아 올라가서 1품에 이르더라도 아침에 거둬 가 버리면 저녁에는 평민이 되고, 재물이란 늘려 모아서 만금에 이르더라도 저녁에 잃어버리면 다음날 아침에는 가난뱅이가 되는 법이다. 그러나 문인재사文人才士가 소유한 것은 한번 소유한 후에는 제아무리 조물주라 하더라도 어떻게 할 수가 없으니, 이것이야말로 '진정한 소유'(眞有)이다. 이 군은 바로 이러한 것을 소유하고 있으니 그 나머지 구구한 것들은 모조리 털어 버리고 가슴에 남겨 두지 않는 것이 옳으리라.

詩文有從人起見者, 有從己起見者, 從人起見者, 鄙無論, 卽從己起見者, 毋或雜之固與偏, 乃爲眞見. 又必須眞才而輔之, 然後乃有成焉. 予求之有年, 得松穆館主人李君虞裳. 君於是道, 有邁倫之識, 入玄之思, 惜墨如金, 鍊句如丹, 筆一落紙, 可傳也. 然不求知於世, 以世無能知者, 不求勝於人, 以人無足勝者. 惟間出薦余, 還錮之餕而已. 嗟! 積階至一品, 朝收之, 暮爲白身; 殖貨至萬金, 暮失之, 朝爲寠人, 若文人才子之所有者, 則一有之後, 雖造物, 無可如何, 是卽眞有也. 君旣得有, 此餘區區者, 悉謝遣之, 勿置胸中可矣. _ **松穆館集序**

—

　　　　　　　이언진李彦瑱(1740~1766)만큼 동시대 문인들 사이에서 화제가 된 인물이 또 있을까? 통역을 업으로 삼은 중인 신분임에도 불구하고 당대의 사대부들이 그의 놀라운 시적 재능에 열광했다. 나이 스물넷에 간 일본 통신사행 길에서 일본인들의 요구에 응하여 한나절 만에 천 자루의 부채에 글씨를 쓰고 율시 오백 수를 지었다는 일화로 이언진은 생전에 이미 신화가 되었다. 박지원은 그를 위해 애정과 회한이 물씬 담긴 전기傳記를 지었고, 김조순, 이덕무 등도 구체적인 일화들을 기록하면서 찬탄과 안타까움을 표했다.

이들의 눈에 비친 이언진이 동시대의 천재 시인이었다면, 혜환에게 있어서 이언진은 너무 뛰어나서 사랑스럽고 너무 뛰어나서 가슴 아픈 제자였다. 혜환은 이언진의 시문집에 붙인 이 서문에서 세상을 떠들썩하게 한 일본에서의 무용담 같은 시작詩作 이야기도, 사람들을 안타깝게 한 신분적 제약과 가난으로 인한 불우한 삶도 언급하지 않았다. 그런 일화나 여건을 내세우는 것이 오히려 이 뛰어난 시인의 가치를 가린다고 생각해서였을까?

혜환은 짧은 서문에서 이언진의 시문에 담긴 남다른 식견과 문학적 상상력, 세련된 시어 등의 특장을 간명하게 언급했다. 혜환의 서문 치고는 의외로 전형적이고 평이해 보이는 구성이다. 그럼에도 불구하고 읽을수록 이언진의 개성과 그에 대한 혜환의 애정을 느끼게 하는 것은 '구하지 않음'의 태도와 '진정한 소유'의 원리 때문일 것이다.

혜환은 이언진이 세상에 알려지는 것도, 남을 이기는 것도 구하지 않았다고 하였다. 세상에 자신을 알아줄 만한 사람도 없고 자신을 이길 만한 사람도 없기 때문에 애초에 알려지고 이기기를 구할 필요가 없었기 때문이라는 설명에서 이언진의 탁월함과 그에 대한 혜환의 인정을 읽을 수 있다. 그러나 아무 것도 내세울 것이 없는 이언진으로서는 문학으로 인해 세상에 알려지고 남을 이기는 것만이 거의 유일하게 남아 있는 강렬한 욕망이었다. 이언진이 혜환에게 때때로 자신의 시문을 보여 주곤 한 것도 실은 이러한 욕망의 반영이었다. 평소 일면식도 없던 박지원에게 자신의 시문을 보냈다가 실망스러운 답변을 듣고는 격분해서 어쩔 줄 몰라 했다는 일화도 전한다. 그런 면에서 이언진이 '구하지 않음'의 태도를 지녔다는 말은 과장된 찬사를 넘어서서 의도된 역설 혹은 간절한 위로로 읽히기도 한다.

문학으로 인정받고자 하는 강한 욕망과 세속의 평 따위에 좌우되지 않을 수 있는 태도 사이의 모순을 메울 수 있는 비결로 혜환이 제시한 것은 '진정한 소유'의 원리이다. 사람들은 신분의 고하와 재산의 다과에 일희일비하는데, 이런 것은 아무리 높고 많아 봐야 하루아침에 사라질 수 있다. 그러나 운명도 어찌할 수 없는 것이 바로 문학적 재능이다. 이것이야말로 누구도 빼앗아 갈 수 없는 '진정한 소유'인 것이다.

끊임없이 이름을 구하면서 동시에 세상이 주는 이름을 삐딱하게 바라보는 혜환 자신 역시, 이러한 원리를 깨닫고 그 눈으로 세상을 보지 않고는 견디기 힘들었는지 모른다. 문학적 재능을 지녔으니 부귀에 연연할 것 없다는 권면이 한 불우한 중인층 작가에 대한 범상한 위로의 말로만 읽히지 않는 까닭이 여기에 있다. 그렇게 우리는, 불우한 인생에 주어진 최대의 보상이 '진정한 소유'라는 말 속에 도사리고 있는, 깊은 슬픔을 만나게 된다.

병약했던 이언진은 스물일곱의 나이에 자신의 초고를 불태우고 울울한 생을 마친다. 혜환이 그를 위해 지은 만사는 이렇게 시작한다. "오색 빛깔 비상한 새가 우연히 지붕마루에 날아와 앉더니만, 많은 사람 몰려와 구경들 해대니 놀라 날아가선 자취를 감추었네." 이 붙잡을 수 없는 찬란한 순간, 그 언저리 어디쯤에 문학이 있는 것인지 모른다. 木

시인의 조건

시詩는 본래 기이함을 높이 친다지만 만약에 오로지 기이함에만 힘쓴
다면, 그 폐단이 두묵杜黙의 경우처럼 될 것이다. 두묵이 지은 가행歌行
은 때때로 광대의 농지거리나 중들의 염불소리 같아서 읽는 사람이 구
두를 끊기 어려우니 어찌 옳겠는가? 오직 풍격의 고고함·기세의 편안
함·의미의 원만함·시어의 참신함만이 바로 시인의 뛰어난 솜씨이다.

詩固以奇爲勝, 然若壹於務奇, 則其弊爲杜黙. 黙之所爲歌行, 往往如伶
諢梵呪, 讀者難句, 惡可哉? 惟其格古·氣逸·意圓·語新者, 乃詩家射鵰
手耳. _ 題家姪詩稿

—

　　　　　　　　　기이함은 좋은 시를 판가름하는 좋은 잣대임
에 분명하다. 그러나 기이함만을 위한 기이함을 추구한다면 그것처럼 볼썽
사나운 것도 없다. 두묵의 시는 율律에 맞지 않는 것이 많았는데, 그 때문에

일이 격에 맞지 않는 것을 두찬杜撰이라 한다. 그러니 두묵의 시는 기이하다 할지라도 제멋에 도취되어 남들이 알아듣지 못할 말들만을 만들어 지껄여댄 것이니 한심스런 노릇이었다.

그렇다면 어떠한 기이함이어야 하나. 혜환이 말하는 기이함은 평지 돌출식의 기이함이 아니다. 그는 시인의 조건으로 격格·기氣·의意·어語 4가지를 제시했는데 여기에 해답이 있다. 한마디로 정리하자면, 풍격은 고고하지만 기세는 편안하며, 의미는 원만하지만 시어는 참신해야 한다. 파격적인 그의 시편詩篇들을 떠올려 본다면, 의외로 상당히 안정된 시작詩作을 요구함을 알 수 있다. 정격에서 파격으로, 옛 것에서 새 것으로 가야 한다. 그러나 초심자는 이와는 정반대로 시도하다가 이도저도 아닌 요상한 시를 짓기 십상이다. 그의 파격은 정격과 옛 것에 대한 깊은 이해 속에서 나왔다는 사실을 상기할 필요가 있다. 남들과 달라지려 한다고 남들과 무조건 다른 행동만 해서는 곤란하다. 시도 이와 다를 바 없다. 옛 시와 시인들을 깊이 탐색하여 자신만의 참신한 시를 쓰면 된다. 요즘의 시인들도 한번쯤 생각해 볼 말들이다. 朴

혜환이 이 글을 준 가질家姪은 이철환李嚞煥(1722~1779)으로, 죽파공 이광휴의 아들이다.

가행歌行은 성률이 덜 엄격한 고체시古體詩의 일종으로, 악부시樂府詩의 계통을 이은 것이다.

그 시, 그 사람

시를 논할 때 당시唐詩가 아니면 안 된다고 하는 것이 요즘의 폐단이다. 그 체體만을 본받고 그 말만을 배우는 것은 피리 하나만을 부는 것에 가깝다. 이것은 때까치가 하루 종일 앵앵거려도 자기 소리가 없는 것과 같아서 내가 그것을 몹시도 싫어한다. 이제 이화국李華國 군의 유초遺草를 보니 겨우 한 권이었다. 하지만 큰 담력과 자유로운 필치는 남의 관습을 따르지 않았고 남의 목소리를 빌리지 않아 제 스스로 최고가 되고자 하는 자였으니, 어찌 세상에서 이가 다 빠진 익숙한 칼을 차고서 남들에게 뽐내는 자와 견주겠는가? 또한 그 사이에 정情이 경境과 모이고 신神이 기機에 닿은 것이 종종 물이 계곡을 울리고 바람이 나무를 휘감아 부는 듯하여, 참신함이 넉넉하다. 남에게 읽게 한다면 열 걸음에 아홉 번은 돌아보고 싶은 생각이 있게 할 것이다. 만약 그 재주와 학문을 다하여 깊은 기운을 기르고 평온하고 청정한 동산에서 노닐게 했다면 그 향기와 맑은 물이 날마다 하늘의 신에게 바쳐졌을 것이다. 그러나 하늘이 수명을 더해 주지 않아서 여기에 그쳤으니 애석하구나!

군은 기다란 눈에 오뚝한 코, 맑은 음성에 장대한 기골로서 막힘없고 탁월했으니, 그 사람됨이 그 시와 같았다. 군의 아들이 훗날에 군을 그리워하여 보고자 한다면 굳이 그 어머니에게 물을 필요도 없이 직접 이 시권詩卷에서 찾으면 될 것이다.

詩無不唐詩者, 近日之弊也, 效其體, 學其語, 幾乎一管之吹, 是猶百舌終日嚶嚶無自之聲, 余甚厭之. 今觀李君華國遺草, 財一卷, 而瓠膽宏筆, 不襲迹, 不借喉, 欲自覇者也. 豈與世之佩退鋒之熟劍以耀人者比哉? 且其間, 情與境會, 神與機觸者, 往往如水之鳴碉, 風之縈木, 幽雋貺焉. 使人讀之, 有十步九廻之思. 若竟其才學, 養窈瀯之氣, 遊靖貊之圃, 則其馨香明水, 將日薦聖靈. 天不假年而止於斯, 惜也! 君長目高準, 朗音嶷骨, 灑灑落落, 人如其詩. 君之遺孤, 他日思欲見君, 不必問其母, 直尋于此卷, 可矣. _李華國遺草序

—

　　　　　　　그 당시 문필진한文必秦漢 시필성당詩必盛唐은 거역할 수 없는 캐치프레이즈였다. 곧, 문장은 반드시 선진양한先秦兩漢을, 시는 반드시 성당盛唐을 본받아야 한다는 말이다. 누가 얼마나 독창적인 자기 세계를 구현했느냐보다는, 누가 얼마나 훌륭한 작가와 비슷해지는가에 초점이 가 있던 시절이었다. 그러니 모두 다 그 나물의 그 밥이었다. 성형미인처럼 세련되기는 했지만, 어디선가 보았던 얼굴이어서 이 사람 저 사람 구분이 안 되는 것과 매한가지였다.

이용휴는 그 사람만이 쓸 수 있는 그 사람만의 시를 원했다. 그 시만 읽으면 그 사람의 모습마저 떠올려지는 그러한 시 말이다. 누굴 흉내 낸다는 것은 아무리 훌륭하다 할지라도 그와 같아질 수는 있어도 그보다 나아질 수는 없다. 돌아가신 아버지가 그리워서 시집을 펼쳐 보면 생생한 육성을 듣는 듯한 시, 그것이야말로 좋은 시가 아닐까. 蘇

혜환이 이 글에서 언급하는 군君은 이응훈李應薰(1749~1770)으로, 화국華國은 그의 자字다. 이동운의 아들이었으나, 이동우가 후사가 없어 출계했다. 이학규의 아버지이며, 혜환의 사위이다. 혜환은 그의 문집에 「이화국유초서」李華國遺草序라는 서문을 써 주었다. 목만중의 『여와문집』餘窩文集에 그에 대한 제문인 「제이생응훈」祭李生應薰이 남아 있다.

예전에 쓴 것을 내던져라

네 숙부가 나이 17, 8세 되었을 때는 문장을 지으면 대우對偶를 좋아했다. 그런데 조금 자라서 옛날에 지은 것을 보니 얼굴이 붉어져서 다 보지도 못하고 던져 버렸다. 송원宋元의 여러 작가들을 사숙하자 사람들이 꽤나 그런 내 문장을 칭찬했고 또한 나 스스로도 자부했다. 다시 그때 지은 것들을 보니 곧 가볍고 물러 터진 좀생이로서 작가作家라고 말할 수 없으므로 또 내던졌다. 그러다 선진양한先秦兩漢에서 구하여 아래로 명말明末에 이르기까지 고문古文으로 이름난 것을 아침저녁으로 자세히 연구했더니 그 단락 안배·논의의 수렴과 확장·글자 선택·구절 연마 등의 방법을 조금씩 이해하게 되었는데 그 햇수가 이미 30년이 되었다. 이제 그 글들을 꺼내서 읽어 보니 이따금 마음에 드는 것이 있는 것 같았다. 그러므로 말하기를 "문장을 배우는 것은 등산하는 것과 같아서 무한한 험한 길과 지름길을 다 밟아 본 뒤에야 산 정상에 나갈 수 있다"라고 했다. 나도 이것으로 헤아려 갔으니, 너도 이 글들을 오랫동안 보배로 여기지 않아야 한다.

而叔年十七八時, 爲文嗜對儷, 稍長看之, 面赧然不能從篇, 去之. 師宋元諸子, 人頗賞之, 亦自多也已. 復取看, 則曼脆小骨, 不足以言作家, 又去. 而求先秦兩漢, 下逮皇明之季, 以古文著者, 朝夕諦繹, 則稍解其排按闔張, 汰字鍊句之法, 年皆已三十矣. 今時出而讀焉, 間似有當人意者. 故曰, "學問如登山, 消盡無限仄路廻徑, 然後方出上頂." 叔亦以是卜而之, 不久寶是稿也. _題吉甫文稿

―

　　　　　　　조카 이철환에게 시와 문에 대해 두 편의 글을 남겼는데, 이 글은 문장에 대한 조언을 담았다. 대가의 문학적 노정을 엿보는 일은 흥미롭다. 그는 다양한 문학적 실험을 했다. 그때마다 예전에 지은 글들이 민망하고 부끄러워 내던졌다. 그만큼 매번 치열한 고민 속에서 성장했음을 알 수 있다. 그의 독서는 선진양한에서 명말까지 다양했다. 그렇게 작문의 방식을 깨우친 지 30년. 그제야 제법 눈에 드는 글들이 나왔으니 글 쓰는 과정은 이처럼 쉽지 않다. 험한 길 쉬운 길 다 가 봐야 한다. 한마디로 산전수전 다 겪어 봐야 한다. 어느 날 갑자기 산 중턱에서 정상까지 한 번에 오르는 일은 없다. 혜환은 조카에게 어떤 말을 하고 싶은 것일까. 글줄이나 쓴다고 젠체하지 말고, 예전에 쓴 글에 부끄러움을 느껴라. 무엇이든 단박에 되는 법은 없다. 사람들은 큰 성취를 이룬 사람의 결과물만을 보고서 감탄이나 절망을 한다. 그러나 보이지 않는 곳에서 있었을 남모를 노력은 보려고 하지 않는다. 천재적인 감성도 눈물겨운 노력이 동반하지 않으면 아무런 성취도 없다는 사실을 이 글을 통해 재확인한다. 朴

옛것과의 단호한 결별

광국光國은 성품이 원만하고 너그럽지만 유독 시詩에 있어서만은 주장
이 몹시도 엄격했으니 대개 문장이란 상제上帝가 가장 보배로 여겨서
아끼는 것이라고 여겼기 때문이다. 세상에서 인사 행정을 맡은 사람이
한때의 관품官品을 간혹 잘못하여 서용했다 해도 오히려 허물이 되는
데, 하물며 상제의 평가를 뒤집을 수 있겠는가? 때문에 매번 다른 사람
의 시를 볼 때마다 남들 따라 칭찬하고 헐뜯는 적이 없었으며, 그가 스
스로 시를 짓는 것도 곧 자구字句를 깎고 다듬어서 반드시 옛사람의 법
도에 합치된 뒤에야 내놓았다. 그런 까닭에 체재가 바르고 음운이 조
화되어 세상의 울음과 웃음소리가 금琴이나 축筑과 뒤섞여 나와서 잡
스럽게 연주되는 것과는 같지 않았으니, 작가가 될 만하다는 점은 의
심할 나위가 없다. 다만 옛날에는 옛것에 합치되는 것을 취해 묘妙하
다고 했으나, 이제는 옛것을 벗어나는 것을 취해 신통하게 여기니 이
것이 적임자를 기다리는 최상의 비결이다. 내가 이것을 광국에게 말해
준다.

光國性平恕, 獨於詩, 持論甚嚴, 蓋以文章者, 上帝之所最寶惜者. 世之
秉銓者, 或誤叙一時之官品, 尚有咎焉, 矧顚倒上帝之權衡哉? 故每見人
詩, 未嘗隨衆譽毁, 其所自爲詩, 則字鍊句琢, 必合於古人之法, 然後乃
出. 故體裁正, 音韻諧, 非如世之啼笑並發琴筑雜奏者, 斷其爲作家無疑
也. 第昔取合古爲妙, 今取離古爲神者, 此太上之訣以待其人者. 吾以語
光國. _ 題族孫光國詩卷

—

　　　　　　　혜환 문학론의 중요한 특질은 크게 '전범의 부
정'과 '자기 목소리 내기'라는 두 가지로 정리할 수 있다. 그는 전범에 대해서
비판적 견해를 피력한 바 있다. 다른 글에서 당시唐詩와 송시宋詩만을 높이
는 풍조에 반하여 원시元詩의 가치를 재고하기도 했다. 또 이러한 전범의 부
정을 통해 자기의 목소리를 내고자 한 것이다. 혜환은 "모의해서 지은 시가
어찌 시인가?"라는 극단적인 표현도 서슴지 않는다. 내 목소리를 내지 않고
남을 흉내 낸 시는 시가 아니라는 말이다.

이 글을 보면 광국을 상당히 인정하고 아낀다는 것을 알 수 있다. 단순한 레
토릭이 아니라, 이 이야기를 들을 만한 대상으로 인정한다는 뜻이다. "너는
옛것에 가까워지려는 시도(合古)까지는 했으니 옛것과 달라지려는 시도(離
古)를 해야 한다." 사실 합고가 말처럼 쉽지는 않다. 합고가 단박에 될 리 만
무하니, 무수한 수련 속에서 합고가 되는 법이다. 대부분의 사람들은 합고에
도 이르지 못한 채 허망하게 끝난다.

자신의 족손族孫인 광국은 너그러운 성품을 지녔지만 어쩐지 시에 대해서만은 자기주장이 강했다. 남들의 견해에 휘둘리지도 않고 자신의 시에도 엄격한 잣대를 적용했다. 여기까지는 딱히 잘못이라 할 수 없다. 다만 혜환이 좀 아쉬운 점은 옛사람의 법도에 지나치게 매여 있는 광국의 태도였다. 그것만으로는 부족하니 한 발 더 나갔으면 하고 바랐다. 충분히 남들과 같아지려 노력했으니 이제는 남들과 달라지도록 해 볼 것을 주문했다. 남의 목소리가 아니라 자신의 목소리로 세상을 살아야 한다. 나라고 할 수 없는 일체의 것들은 이제 잊어라. 나로 살 수 있는 시간들은 얼마 남지 않았다. 朴

그림으로 더위 나기

어제는 대단히 더운 날이었다. 그런데 우연히 연담蓮潭(김명국金命國)의 수묵산수도를 꺼내어 벽에 펼쳤더니만 온 집안이 서늘해져서 솜옷이라도 둘러야 할 듯한 착각을 일으킬 정도였다. 붓을 휘두를 때에 뭔가가 옮겨 붙은 것이 분명하다. 그렇지 않고서야 어찌 이렇듯 파도가 쏴 쏴 울부짖으려 하고 바위가 우뚝 솟아오르려 할 수 있단 말인가?

昨日大熱, 偶出蓮潭水墨山水圖, 張于壁, 滿堂灑然, 思挾繢想. 當揮管, 有物憑之. 不爾, 何其洶洶蹲蹲, 波濤欲吼, 巖岜欲起也? _ 跋蓮潭山水圖

—

　　　　　에어컨이 꽤나 보급된 요즘이지만 그래도 한여름 무더위는 여전히 많은 이들에게 견디기 힘든 고통이다. 그늘에 앉아 찬물 끼얹고 부채 부치는 것이 더위 나기의 전부인 시절, 혜환은 의외의 더위 나기 방법을 발견했다. 시원스런 물줄기를 그린 그림을 걸어 놓고 시각과 상

설중귀려도雪中歸驢圖
김명국, 17세기, 모시에 수묵,
101.7×55cm, 국립중앙박물관 소장

상으로 서늘함을 느끼는 방법이다. 납량 특집 공포 영화를 보며 오싹함을 느끼는 것은 그래도 이해가 가지만, 기껏 물과 바위를 그린 그림을 보고서 서늘함에 솜옷을 찾다니! 글쎄, 좀 지나치지 않은가?

그림 한 장이 한여름 무더위에 솜옷을 찾게 하는 일이 가능할까? 그 그림을 그린 사람이 김명국金命國(1600~?)이라면 가능하다고 혜환은 말한다. 그에 의하면 김명국은 그림을 잘 그리는 사람이 그릴 수 없는 것을 그리는 사람이었다. 그림 잘 그리기로는 이징李澄(1581~?)만 한 이가 드물다. 온갖 그림에 능해서 인조의 총애를 한 몸에 받았던 이가 이징이다. 그런데 다른 글들에서 혜환은 김명국과 이징을 이렇게 비교했다.

> 이허주李虛舟(이징李澄)는 잘 그리지 못하는 것이 없고 종이나 비단이 좋든 나쁘든 가리지 않는다. 마치 온갖 보물을 늘 앞에 모아 두고서 식기며 잡물들을 젓가락으로 두드리는데 궁음宮音과 상음商音이 다 갖추어진 것과 같았으니 그 또한 매우 뛰어나다. 그러나 정밀함은 지나치고 환화幻化는 부족하다. 그러므로 연담에게는 한 수 아래인 것이다.
> ―「제이허주화」題李虛舟畵

> 당자서唐子西가 말하기를, "사마천司馬遷은 감히 도를 어지럽혔는데도 좋고 반고班固는 도를 어지럽히지 않았는데도 좋지 않다"라고 했다. 나는 연담과 허주 두 사람의 그림에 대해서도 같은 말을 하겠다.
> ―「평김이화품」評金李畵品

이징은 타고난 재능에다 지독한 연습으로 당대 최고의 화원 자리에 오른 인물이다. 연암 박지원이 소개해서 많이 알려진, "어릴 때 다락에 올라가 그림을 익히느라 온 집안 사람들이 자신을 찾는 줄도 몰랐는데 사흘 만에 찾아낸 부친이 노하여 종아리를 때렸더니 울면서도 떨어진 눈물을 끌어다 새를 그렸다"는 일화의 주인공이기도 하다. 그러한 노력의 결과 어떤 대상을 그리든, 어떤 재료를 가지고 그리든 뛰어난 작품으로 만들어 냈다고 했으니, 대단한 찬사다. 그런데 혜환은 그러한 이징도 김명국에게는 한 수 아래라고 했다. 그 차이는, 기능의 연마와 솜씨의 정밀함으로는 미칠 수 없는 '환화' 幻化에 있다. 사마천의 『사기』는 잘 쓴 글이라면 갖추어야 할 법칙에 다소 어긋나는 부분이 있음에도 불구하고 매우 좋다. 반면 반고의 『한서』 역시 잘 쓴 글이고 법칙에도 부합하지만 『사기』만큼 매력적이지는 않다. 정도와 정격을 구사하는 사람은 아무리 노력해도 이를 수 없는 경지가 있다. 반고와 사마천, 혹은 저 살리에리와 모차르트 사이에 놓인 건널 수 없는 강이 이징과 김명국 사이에도 있는 셈이다. 정밀하고 사실적인 묘사와는 차원이 다른, 화폭을 뚫고 나올 듯한 파도 소리와 울퉁불퉁한 바위의 형상에서 혜환은 그 차이를 실감했다. 김명국은 거칠고 광태 어린 그림을 그린 것으로 유명하고 술이 없이는 그림을 그리지 않았다고도 한다. 현전하는 작품들만 봐도 활달하고 속도감 넘치는 필치를 확인할 수 있다. 그런 면에서 붓을 휘두를 때 뭔가 신비한 힘이 옮겨 붙은 것 같다고 한 혜환의 표현도 어렴풋이나마 이해할 만하다. 그러나 그렇다고 해서 그림 한 장이 한여름 무더위에 솜옷을 찾게 하는 일이 가능할까? 그것을 그린 이가 김명국이라면, 그리고 그 그림을 보는 이가 혜환이라면 가능하다. 宋

환쟁이를 위하여

하늘이 만물을 낳을 적에 이치를 형상에 담고 가장 신성한 이에게 대신 말하여 교화를 베풀게 했으니, 이것이 경經이다. 그러나 말은 문자에 의지해야만 전해질 수 있다. 그래서 창힐蒼頡로 하여금 문자를 만들게 했다. 문자를 만든 원리도 형상을 본뜨는 데서 시작했으나 그 쓰임에 또한 한계가 있었다. 그래서 사황史皇으로 하여금 그림을 만들게 했다. 그림과 문자가 짝을 이룬 뒤에야 비로소 온전하게 되었다.

그러나 경이 해와 달처럼 세상에 높여지자 문자는 그와 함께했지만 그림은 드러났다가 숨겨졌다 하다가 〈빈풍도〉豳風圖와 〈왕회도〉王會圖 이후로는 그다지 드러나지 못했다. 간혹 재기가 지나친 자들이 꽃과 대나무, 새와 짐승 따위를 그린 것에 있어서도 그 솜씨가 또한 천지조화를 그대로 그려 내서 사람의 마음과 눈을 즐겁게 할 만했다. 그러니 그림의 도道는 작다고 할 수 없는 것이다.

김 군 사능士能(김홍도)은 스승을 필요로 하지 않는 지혜로 새로운 경지를 창출했는데 붓이 가는 곳마다 신묘함이 함께했다. 푸른 머리카락이며 금빛 터럭, 붉은 실과 흰 실을 묘사한 것은 정교하고도 아름다워서, 옛사람이 자신을 보지 못함을 한스러워 할 정도였다. 그러므로 그는 자긍심이 대단하여 그림을 가볍게 그리지 않았다. 그 인품이 매우 높아 고아한 선비나 시인의 풍모가 있는 까닭에 자신의 고심과 솜씨로 그린 그림이 교제를 위한 선물거리로 제공되거나 여인네의 노리개가 되는 것을 원치 않았다.

비유컨대 문자가 사람의 이름이라면 그림은 그 얼굴이다. 이름은 알지만 얼굴을 모른다면 온종일 한자리에 앉아 있더라도 서로 알아보지 못할 것이다. 그래서야 되겠는가? 아! 그림과 문자는 같은 원인으로 시작되었고 같은 사물을 담아낸 것이다. 그런데 세상 사람들이 문자는 중시하면서 그림은 깔봐서 공工이니 사史니 하는 말로 욕보이기까지 하는 것은 무엇 때문인가?

김 군이 사는 곳에 '대우'對右라고 편액을 단 것은 옛사람의 '좌도우서'左圖右書란 뜻에서 취한 것이다. 그림과 문자가 분리되어 외롭게 행해짐이 얼마였던가! 지금 다시 합해졌으니 양가兩家가 서로 축하할 만하다.

天之生物也, 以理寓於形, 使其最神聖者, 代言而宣化, 經是也. 然言必倚書而行, 故使蒼頡造書. 書首象形, 而其用亦有所窮, 故使史皇作圖. 圖與書配而後, 始盡之矣. 雖然, 經日月于宇宙, 而書附焉. 惟圖或顯或晦, 蘭風王會以後, 不甚著焉. 間有才氣之過者, 溢而爲花竹翎毛, 其工亦能肖造化而娛心目, 此道不可小也. 金君士能, 以無師之智, 創出新意, 筆之所至, 神與俱焉. 其髮翠毫金, 絲丹縷素, 精巧妙麗, 有古人不見我

之恨. 故頗自矜重, 不輕渲染, 盖其人品甚高, 有雅士韻人之風, 故不欲
以我之心力手指, 供交際之贄幣, 作厄廚之玩具也. 夫書譬則人之姓名,
圖乃其面貌也. 識其姓名, 而不識其面貌, 雖終日並席而坐, 不能相認,
其可乎哉? 噫! 圖與書, 起因同而托體均, 世多申書而詘圖, 至辱以工若
史者, 何也? 金君扁其所居曰對右者, 取古人左圖右書之意也. 圖書離而
孤行者, 幾年? 今復合焉, 兩家可以交相賀也. _對右菴記

—

　　　　　　　　　　　오직 사士가 높임을 받던 시절, 기능인을 뜻
하는 공工이니 사史니 하는 말은 그 자체로 하시와 천대를 의미했다. 사士는
벼슬에 나아가든 그렇지 않든 간에 하늘의 이치를 궁리하고 세상의 치란을
고민하는 것을 소임으로 삼았다. 온전한 의미에서의 지식인이다. 그렇지 않
고 한 가지 재주를 가지고 먹고사는 사람은, 그 재주가 아무리 뛰어나다 한
들 그저 '쟁이'에 불과하다고 생각하던 때다. 그런데 혜환은 당대의 '환쟁이'
김홍도를 위한 기문을 써 주면서, 이러한 동시대인들의 상식을 여지없이 깨
뜨린다.
당시 누구도 부정할 수 없는 최고의 권위는 하늘의 이치요, 그것을 담은 경
서였다. 환쟁이를 위한 기문을 쓰면서, 혜환은 시작부터 거창하게 하늘의 이
치와 성인의 경서를 끌어온다. 하늘의 이치는 만물의 형상에 담겨 있는데,
이를 표현한 것이 바로 문자와 그림이다. 문자가 성인이 말한 하늘의 이치를
경서에 적는 데 사용되면서 그림 역시 하늘의 이치를 드러내는 또 하나의 도

구라는 사실이 가려져 왔지만, 애초에 이 둘은 같은 목적으로 만들어졌으며 대등하게 상호 보완적인 것이었다. 그 예로 든 〈빈풍도〉는 사계절의 농사일을 그린 도첩이고 〈왕회도〉는 당 태종 때 조회 장면을 그린 도첩이다. 전자는 『시경』「빈풍」豳風, 후자는 『서경』 '주서'周書 「왕회」王會의 내용과 짝을 이룬다. 따라서 그림을 뛰어나게 잘 그리는 사람은 단순히 하나의 기예에 능한 것이 아니라 놀랍게도 하늘의 이치를 드러내는 것이다.

김홍도는 뛰어난 그림 솜씨로 천지조화를 신묘하게 그려 낸 사람이다. 그림에 대한 자긍심이 대단했을 뿐 아니라 자신의 그림이 인기 있는 기호품으로 소비되는 것을 원치 않았다. '오른편을 마주한다'(對右)는 것은 왼편인 그림의 자리에서 오른편인 문자를 대등하게 바라보는 것이다. 이를 두고 혜환은, 오랫동안 헤어졌던 그림과 문자의 극적인 해후라고 표현했다. 어떤 글이 환쟁이를 이보다 더 높은 자리로 격상시킬 수 있을까?

문자만 알고 그림은 모르는 것은 어떤 이의 이름만 알 뿐 얼굴은 모르는 것과 같다고 했다. 당시 환쟁이를 깔보던 그 많은 사士들은 그 이름도 얼굴도 대부분 전하지 않지만 환쟁이 김홍도의 이름은 오늘 많은 이들의 입에 오르내린다. 더 흥미로운 것은, 김홍도의 이름을 듣고 그 예술과 인품을 높이 평가한 혜환이 정작 김홍도의 얼굴을 처음 본 것은 신윤복이 그린 초상화를 통해서였다는 점이다. 혜환은 그 그림을 보고 쓴 「대우암김군화상찬」對右菴金君畫像贊에서 이렇게 말한다.

"세상 사람들이 뛰어난 기예로 김 군을 중시하기에 나도 기예의 뛰어남으로 김 군을 소중히 여겼다. 그런데 지금 김 군의 초상화를 보니 옥처럼 빛나고 난처럼 향기로워 듣던 것 이상이니, 그야말로 온아한 군자의 모습이다. 김경

오金景五(김윤서金倫瑞)와 정성중鄭成仲(정사현鄭思玄)은 '선생님이 후일에 그의 용모와 몸가짐을 보시고 그의 목소리를 들으시면 다시 이 그림은 7할밖에 안 된다는 것을 새삼 깨닫게 되실 겁니다'라 한다."

그 뒤로 혜환이 김홍도의 나머지 3할을 마저 보았는지는 알 수 없으나, 혜환의 글들을 통해 우리는 김홍도의 얼굴을 좀 더 그럴 듯하게 그릴 수 있게 되었다. 囷

세 가지 만남

숨 가쁘게 분주하기만 했던 지난 몇 년, 그나마 저의 숨통을 틔워 준 세 가지 만남이 있었습니다.

첫 만남은 한 동갑내기 한문학자와의 만남입니다. 그는 시인이기도 한데, 아마 시인이 이렇게 부지런한 경우는 드물지 않나 합니다. 덕분에 그와의 지속적인 만남은, 바쁘다는 핑계 속에 숨어서 실은 한없이 게을러지던 저를 향한 채찍질이 되었습니다. 읽고 쓰는 일의 의미와 깊이를 새롭게 발견하는 소중한 경험이기도 했고요. 글과 더불어 마음을 나누게 된 그를 이제 벗이라 부릅니다.

첫 만남이 제게 열어 준 또 하나의 만남은, 250년 전에 살다 간 어떤 조선 문인과의 만남입니다. 그런데 이 양반, 참 상대하기 쉽지 않은 분이었습니다. 천재들이 대개 그렇다고 하던가요? 지나친 자부심으로 괴팍한 말을 툭툭 던지는 것이, 첫 인상은 영 아니었습니다. 그 말의

진의가 어디에 있는지 한참을 쩔쩔 매야 할 정도였으니까요. 그러나 해를 거듭해 만나 이야기를 나누다 보니 의외로 다정한 그분의 속내와 순수한 열정, 깊은 아픔들까지 차차 조금씩 알아 갈 수 있었습니다. 그리고 어느새 그분의 뻐딱한 눈매와 의뭉스런 말투, 슬쩍 내비치는 웃음들에 빠져들게 되었지요. 그분의 말을 가능한 한 쉽게 옮기고 거기에 어쭙잖은 제 말을 보태 본 것은, 이 콧대 높은 어른이 더 많은 이들과 만나실 수 있도록 주선하고 싶어서입니다.

이분과의 만남은 다시 또 다른 만남을 열어 주었습니다. 그는 21세기 대명천지에 케케묵은 한문이나 읽으며 살아가는 백면서생이었습니다. 그저 서생일 뿐 아니라 얄팍한 지식으로 남을 가르치는 선생 일까지 생업으로 삼고 있는, 참람하기 그지없는 자이지요. 그런데 250년 전에 살던 문인의 칼날 같은 말들은 여전히 녹슬지 않아서, 허위로 가득 찬 그의 내면을 속속들이 해부하였습니다. 진정한 자신은 어디론가 사라져 버리고 껍데기 같은 사회적 관계와 남의 눈에 비친 모습들만 앙상하게 남은 형상이, 참 적나라하게 드러나더군요. 이제 다시 시작된 이 만남이 부디 참된 나에게 돌아가는 길로 이어지기를 소망합니다.

송혁기